U0925661

中华经典故事

水浒传故事

薛斐 编著

中華書局

图书在版编目(CIP)数据

水浒传故事／薛斐编著.—北京:中华书局,2012.2
(2012.5重印)
(中华经典故事)
ISBN 978-7-101-08407-8

Ⅰ.水… Ⅱ.薛… Ⅲ.章回小说—中国—明代—缩写
Ⅳ.I242.4

中国版本图书馆CIP数据核字(2011)第249975号

书　　名　水浒传故事
编 著 者　薛　斐
丛 书 名　中华经典故事
责任编辑　董慧洁
出版发行　中华书局
(北京市丰台区太平桥西里38号 100073)
http://www.zhbc.com.cn
E-mail:zhbc@zhbc.com.cn
印　　刷　北京天来印务有限公司
版　　次　2012年2月北京第1版
2012年5月北京第2次印刷
规　　格　开本/700×1000毫米 1/16
印张13¾ 插页2 字数100千字
印　　数　8001-20000册
国际书号　ISBN 978-7-101-08407-8
定　　价　25.00元

中华经典故事

出版说明

中华五千年文明，留下了许多脍炙人口的经典故事。女娲造人、刻舟求剑、苏武牧羊、美人计、新亭对泣、割发代首、毛遂自荐……这些故事穿越历史、代代相传、历久弥新，它们彰显着中华民族的传统美德，浓缩了许多做人、做事的道理和智慧，同时还是弘扬中华优秀传统文化、揭示纷繁历史变迁的窗口。为帮助当代读者了解中华五千年的辉煌，感受中华文化的博大精深，丰富积淀，陶冶情操，并引领大家由此阅读古代经典，中华书局推出“中华经典故事”丛书。

丛书精选中华故事中的经典篇章，在保留传统故事精髓的基础上，更加贴近当代读者的阅读需求，从而使读者更容易领悟经典故事所传达出的优秀传统文化精神内核。

故事内涵有提升。每个故事之后用简练的语言联系实际，进行解读，以唤起读者更多的思索，真正做到学以致用、古为今用。

故事后或附经典原文，让读者通览经典原貌，整体感知；或附“博闻馆”，链接与故事相关的其他故事或知识，拓宽思路，有助于更加全面地理解故事。

故事配图丰富新颖，力求趣味性和知识性并重。巧妙的配图文字，帮助大家轻松阅读，并开阔视野，从多角度扩展知识。

对于故事中的生僻字词均加注汉语拼音及注解，以帮助阅读和理解。

本套丛书由富有研究成果的专家学者协力创作，在此对所有参与编写的人员表示由衷感谢。

中华书局编辑部

2012 年 1 月

目　录

楔子

北宋仁宗嘉祐三年，瘟疫流行。各处告急的奏章从四面八方报给了朝廷。宋仁宗命殿前太尉洪信去江西信州龙虎山，请张天师祈禳瘟疫，就是请他施法术，祈求鬼神消除灾祸。

洪太尉千辛万苦来到龙虎山上清宫，上清宫的道长告诉他，张天师早晨已奔东京去祈禳瘟疫了。

任务完成了，洪太尉在山上游玩，带着随从进了伏魔殿。殿中央有个大石龟，驮着一座石碑，正面是天书一样他不认识的文字，背面是四个大字：遇洪而开！洪太尉看了，便叫随从在底下挖掘。道长赶忙上前阻拦，洪太尉哪里肯听。突然，一道黑气从地底冒出，直冲上空，化作一百多道金光，朝四面八方散去。道长叹了口气："唉，这殿中锁着的是三十六员天罡星和七十二员地煞星，共一百单八个魔王。"

那四散的金光，便转生为水泊梁山一百零八条好汉。

大闹史家庄

仁宗以后，又换了几代皇帝，转眼到了北宋徽宗年间。徽宗皇帝名叫赵佶，这是个有着艺术家气质的皇帝，琴棋书画无所不精，诗词歌赋无所不晓，他独创的书法形式——瘦金体堪称一绝！只可惜他不会做皇帝，任用小人，朝政荒疏。当时，朝中有四大奸臣：蔡京、童贯、杨戬（jiǎn）、高俅（qiú）。这四个人狼狈为奸，搞得朝纲混乱，民不聊生。

四大奸臣里的蔡京，很有文化，写得一笔好字，与苏东坡、米芾（fú）、黄庭坚合称为“苏、黄、米、蔡”书法四大家。四大奸臣里面也有个没文化的，就是高俅。这小子，原本是东京汴梁的一个泼皮无赖，没文化，却有些才艺，踢得一脚的好毬，所以人们都叫他高毬，后来发迹了，改作高俅。想当年，徽宗还没登基时，身份是端王，是当朝皇帝哲宗的弟弟。这高俅经人举荐，到了哲宗皇帝的妹夫王晋卿家当了随从。

一天，王晋卿派高俅给端王府送东西。这端王赵佶正踢毬呢，一不小心，把毬踢飞了。正赶上高俅走过来，看见飞来的毬，使了一招无敌鸳鸯拐，临空一脚，不偏不倚，踢回到端王脚边。端王也是毬迷呀，遇见高手了，自然高兴，就把高俅留在自己身边了。这个高俅不仅毬踢得好，更善于溜须拍马，阿谀奉承！很快就成了端王的亲信。后来，端王当了皇帝，这高俅就一步登天，被加封为殿帅府太尉，掌管兵权了。

高俅走马上任的第一天，手下将官都来参拜，唯独少了一名八十万禁军教头——王进。王进请病假了。高俅是小人得志呀，让人从病床上把王进给拽过来了，要打板子。幸亏众人求情，说："太尉，今儿是您大喜的日子，不宜动大刑呀！先记着账以后再打吧。"高俅把王进训斥了一番，这才作罢。

这高俅为什么找王进的麻烦？原来高俅当年做地痞流氓的时候，干了坏事儿，被王进的父亲王升给撞上了，用棒子打翻在地，狠狠教训了一番。高俅记着仇呢，借机报复。

王进回到家中一琢磨，这官不能当了，以后还有我的好果子吃吗？干脆跑吧！官也不做了。王进没媳妇，家里只有老娘。于是就收拾了些值钱的细软，带着老娘逃出京城，要投奔延安府的老种（chóng）经略去。

走了一个来月，来到华阴县史家庄，投宿在史家庄庄主史太公家里。史太公备了酒饭款待，又收拾了两间客房给他们住。第二天，王进的老娘病倒了，卧床不起。史太公为人真是不错，还安慰王进："你别着急，在这儿安心住着，等你娘养好了再说。"王进就在史家住下了。

日子长了，王进认识了史太公的儿子"九纹龙"史进。"九纹龙"是绰号，因为这小伙子身上纹了九条青龙，所以叫"九纹龙"。这史进不爱读书，专爱舞刀弄棒。王进一看史进是块练武的材料，心中也想表示一下对史太公的感激，就收史进做了徒弟，转眼过了半年，史进学得十八般武艺样样精通。这时候，王进老娘的病也好了。王进告辞，带着老娘去投延安府。

再说“九纹龙”史进，把师傅送走，没过多久，他的父亲史太公病逝了，史进就继承了家业。

附近的少华山上有一伙强盗占山为王。其中三个领头儿的寨主，大寨主是“神机军师”朱武，二寨主是“跳涧虎”陈达，老三是“白花蛇”杨春。这三个人打家劫舍，官府对他们无可奈何。史进刚学得一身好功夫，正想找机会练练呢。就组织了乡勇，时刻防备着这伙山贼来侵扰庄园。

结果呢，少华山的三个头领，还真来史家庄了。史进接到手下报告，命众人敲起梆子，周围三四百条壮汉，纷纷举着棒子赶来。史进身披红甲，肩背弓箭，手提一把三尖两刃四窍八环刀，跨上火炭赤马，率众迎战。

来的是二寨主陈达，带了一帮喽啰。陈达勒马对史进说：“俺们山寨缺粮了，俗话说四海之内皆兄弟，麻烦你借条路给我们，容我们到华阴县去筹粮。”史进冷笑一声：“那你就先问问我手里这把刀答应不答应！”陈达一听大怒，举矛催马迎战史进，二人杀作一团。正难解难分时，史进卖个破绽，陈达一矛刺来，史进一闪，陈达刺空，重心不稳，撞入史进怀中。史进一下就把陈达挟住，然后轻舒猿臂，将他高高举起，重重摔在地上，手下一拥而上把陈达绑了。那些小喽啰一赶都散了。

史进把陈达捉进庄去，绑在柱子上，只等着捉了另外两个寨主，一同送进官府去领赏。史进摆下酒肉款待众人不提，单说小喽啰们逃回山寨，告诉另外两位寨主陈达被抓的事儿，那朱武、杨春自思不是史进的对手，便赤手空拳来见史进。

见了史进，二人先“咕咚咕咚”跪下了，朱武含泪说：“我们仨是结义的兄弟，被官府所迫，不得已成了强盗。我们曾发誓同生共死！如今老二陈达，误犯英雄被擒，请英雄也把我们绑了，一起交官吧。我们如若皱一皱眉就不是好汉。”

史进听了，大为感动，心想：你们如此有情有义，我若把你们交给官府，我还算什么英雄？岂不被天下人耻笑。史进伸手把二人扶起来，让到内厅，把陈达也给放了。史进命人摆上酒宴，请三人入席。

真叫不打不相识啊。席间几个人高谈阔论，谈得十分投机。彼此惺惺相惜，从此成了好朋友。三位寨主感激史进，把山上的金银珠宝送了些给他，史进也常差手下送些酒肉新衣上山。

没有不透风的墙，官府知道史进和几个山贼经常来往，就秘密布下罗网来捕他们。

中秋之夜，月光皎洁，三位寨主下山来到史家庄，和史进一起饮酒赏月。大家聊得正开心呢，四面喊杀震天，史家庄已经被官军团团围住。

朱武起身对史进说：“兄弟，我们不能连累你，把我们绑了去吧！”

史进笑了：“你这是让天下英雄耻笑我呀！”接着“刷”的一声抽出腰刀，说：“干脆一不做，二不休，咱们杀上少华山去。”

四位英雄披挂上马，随身收拾了一些金银细软，放火烧了史家庄。然后，大开庄门，杀出一条血路冲出重围。史进一马当先，杀得众官兵抱头鼠窜。史进突围之后，蓦然回首：已经没有家了。回到少华山，三位寨主命喽啰们杀牛宰马，款待史进。史进到底还是放不下功名，不甘心就此落草为寇，于是他辞别了朱武、陈达和杨春，要起身到延安府，投奔师傅王进去。三位寨主苦留不住，依依不舍，送史进下山。

博闻馆

毬、蹴鞠和现代足球

“毬”是我国古代人玩的球。早期用皮革缝制，里面填充羽毛，轻而有弹性。后来又改用充气的动物膀胱做内胆，比如猪尿泡，更轻且更有弹性，接近现代足球了。关于毬的记载，最早出现在战国时期。古代人玩毬有两种方式，一种是用脚踢，称作“蹴鞠（cù jū）”；另一种是骑在马上用棍

〔南宋〕钱选绘《蹴鞠图》

棒击打，叫作“打毬”。到了宋代，蹴鞠这项运动发展迅速，流行很广。不仅皇帝和官僚贵族喜爱蹴鞠，街头巷尾的市民也喜爱这项运动，市民的娱乐场所“瓦肆”还有蹴鞠表演，也有以蹴鞠为生的艺人。

如今，国际足联正式认定足球发源于中国。而现代足球的起源，还得说是英国。1863 年 10 月 26 日，11 个足球俱乐部在伦敦成立了英国足球协会，并统一了足球比赛规则，奠定了世界足球运动的基础。人们把这一天定为现代足球的诞生日。

拳打“镇关西”

史进离开少华山，一路饥餐渴饮，晓行夜宿，到了渭州。他找了个茶坊坐下，向伙计打听经略府教头王进。正在这时，突听得外边“蹬蹬蹬”脚步声响，震得房瓦发颤，走进一个人来。此人身高八尺，膀大腰圆，鼻直口方，一脸络腮胡子。茶坊伙计对史进说：“这位是经略府的提辖，客官找他打听吧。”史进赶紧迎上去施礼。

两人互通姓名，史进这才知道，此人姓鲁名达。鲁达也知道了面前的小伙儿正是大闹史家庄的“九纹龙”。史进忙打听师傅王进的情况，鲁达说：“嗨，你找错地方了。王教头在延安府老种经略相公那里。我们这渭州府是小种（chóng）经略相公镇守。既然来了，就是朋友！走，喝酒去！”

鲁达挽着史进的手，大步走出茶坊。在街上，他们碰见个打把式卖艺、外带卖狗皮膏药的，史进一看，不是别人，正是自己练武的启蒙老师，人称“打虎将”李忠。鲁达是个爽快人，说道：“都是朋友，走，一起喝酒去！”三个人进了有名的潘家酒楼，来到楼上雅间，让小二上菜上酒，三个人开怀畅饮。

正聊得热闹，突然听见隔壁有男女二人在哭。鲁达听了，“哐啷”一声，把酒杯扔出去，吓得酒保赶紧上来了，“啊，提辖，您，您要加点儿什么？”“我不要加什么！我们兄弟在这儿喝酒，谁在隔壁哭哭啼啼的？扫我兄弟的酒兴！”

小二一看提辖发怒了，赶忙说道：“哎哟！您请息怒。哭的是卖唱的一对父女。”

“哭什么哭！把他们给我叫来！”

“哎！”酒保答应着出去，把卖唱的父女叫了来。

这父亲有五六十岁，女儿也就是十八九岁，清秀动人。二人进来急忙行礼。

鲁达问道：“你两个是哪里人？为何啼哭？”

老人回答：“我叫金二，小女儿叫翠莲，我们是东京人氏，到渭州来投亲，没找到。这状元桥下有个卖肉的郑屠夫，是个有钱的大财主，外号‘镇关西’。这位郑屠夫看上了小女，写了个三千贯钱的文书，要买下来做小妾。可这三千贯是虚的，实际上他一文钱都没给，就把小女强娶过门儿了。结果，郑屠夫的老婆妒忌不容，把我女儿赶出家门。现在郑屠夫又硬是管我要三千贯钱。我们没钱没势，斗不过人家，只能靠卖唱挣钱还他。这些天，酒客稀少，我们收入也少了，又怕郑屠夫逼债，所以才伤心啼哭。”

“啪！”鲁达把桌子一拍，“呸！这个杀猪的郑屠！仗着自己和小种经略有点关系，如此欺负人！气煞人也！”

鲁达三人凑了十五两银子给了金老汉，对他说：“这个你们拿着做盘缠，赶紧回房收拾行李。明天一早就走！”

“啊呀……多谢鲁提辖，不过，店主不让走哇，他们替郑大官人看着我们呢……”

“你们只管收拾行李，明儿一早我送你们出门，看哪个敢拦！”

“哎……那好！”父女俩说着要磕头，被鲁达一把拦住。于是二人拜谢告退。

三个人喝完酒，史进、李忠各自投客店，鲁达回到自己的住处。

天一亮，鲁达便一骨碌爬起来，早饭也没吃，大踏步来到金老父女住的客店。

此时，店小二正拦着金家父女不让走，他见到鲁达便说：“郑大官人交待过，这老头欠钱不还，不能走！”

鲁达一听，伸手将店小二脖领子薅（hāo）住，一拧，店小二转了个三百六十度。

“嗯？你真的不放？”

“这，这，不能放！”

“我让你不放！”

“啪！”店小二挨了一巴掌，身子顺势连转了几个圈儿，没等站稳，“砰！”又是一拳！“哎呀！”店小二趴下了，一张嘴，“噗！”两颗门牙掉了下来。金老汉拜谢了鲁达，带着闺女出城去了。

鲁达恐怕店小二出来追赶金家父女，伸手从店里拉出条板凳，往门口一坐，估摸着金老汉走远了，这才起身，大步往状元桥郑屠肉铺走去。

来到郑屠肉铺，十来个伙计正操刀卖肉，柜台里面坐着一个大胖子，比鲁达还胖两圈儿，二郎腿一翘，眯着眼睛养神呢。

鲁达走到门前，“郑屠！”这一嗓子，声如洪钟。“镇关西”睁眼一看，“哟……”赶紧起来，小跑着出来，作揖施礼让坐。

鲁达坐下，连正眼都不瞧他：“经略相公家要办酒宴，先来十斤精肉，切成肉馅儿，不能有半点肥的。”

郑屠回头冲着小伙计说：“听见没有！快选十斤精肉切了！”

鲁达一摆手：“不让他们切！我嫌他们脏。你，亲自切！”

“镇关西”赶紧到肉案上选了十斤精肉，“当当当……”开始剁馅儿！这时候店小二肿着脸豁着牙，跑来报信儿。一看这阵势，赶紧刹住脚，站在一边儿，远远看着。

那郑屠剁了半个多时辰，脑门上一层汗。馅剁好后，用荷叶包了，递给鲁达。

鲁达说：“急什么？再要十斤肥的，不要有一星瘦的在上边，也切成肉馅儿。”

“啊？府里要肥肉馅儿做什么呢？”

鲁达一瞪眼：“问这么多干什么！切！”

“当当当……”郑屠又剁了半个多时辰，手都木了才剁好，用荷叶包了，吩咐伙计：“来啊，给提辖送府里去！”

“慢！再要十斤寸金软骨，也要细细地剁成馅儿，不要有半点肉星在上面！”

“啊？”郑屠一听，半开玩笑地说了句：“提辖，您不是特地来消遣我吧？”

他这话一出口，鲁达把那两包肉馅抓在手中，一瞪眼：“我就是要消遣你！”“啪啪！”两下子，两包猪肉全拍郑屠脸上了！

郑屠火了，伸手从肉案上抓了一把剔骨尖刀，转身奔鲁达而去。

鲁达早站到大街上了，街上宽敞，比较适合过招儿。店小二和两边的行人都围了过来。郑屠右手拿刀，左手就来揪鲁达。鲁达手快，就势按住他左手，“咣!”一脚踹在他小肚子上。郑屠倒地，鲁达上去一脚踏住胸脯：“呸！你是个卖肉的屠户，狗一般的东西，也敢叫‘镇关西’！说！你是怎样强骗金翠莲的?”

“啪!”一拳打在郑屠鼻子上，顿时鲜血迸流，鼻子歪在一边，打得他脸上开了个酱油铺，咸酸苦辣，不知什么滋味儿。

“哎呀!”郑屠现在也挣扎不起来了，尖刀也扔了，“好好！你打得好！打得好!”

“嘿！还敢还嘴!”“啪!”照准眼眶又是一拳，打得郑屠眼眶崩裂，眼珠子都突出来了，脸上像开了个大染坊，红的黑的紫的，倒也鲜艳。

这下郑屠害怕了，嘴不硬了，直叫饶命。

“你是个破落户！要是和我硬到底，也就饶了你！你如今讨饶，我偏不饶你!”“啪!”冲太阳穴上又是一拳。这郑屠脑袋里就像开了水陆法会，磬（qìng）、钹（bó）、铙（náo）响作一片。

看郑屠挺在地上没气儿了，鲁达暗自寻思：“只想痛打他一顿，谁知这么不经打。害我吃官司!”他趁围观人群还没反应过来，抬腿就走，一边还说：“你装死，我以后再打你。”

奔回住处，鲁达收拾了衣服盘缠，向南出了城门。

牛牧野绘《拳打“镇关西”》

博闻馆

老种经略和小种经略

这不是两种官职而是两个人，是宋代名将种（chóng）世衡的儿子和孙子。老种叫种谔，小种叫种师道。因他们都在西北边境出任经略安抚使，“相公”是对地方官员的称呼，因此人们将两人称为“经略相公”。这“经略相公”是军政合一的地方官员，权力比知府、知州大得多。大约相当于现在军队中的司令员兼几省的省长。所以“镇关西”仗着和经略相公有些关系就可以横行霸道。“提辖”官职不算很高，但因鲁达是“经略相公”帐下的军官，所以在当地也有一定地位，令人敬畏。

倒拔垂杨柳

话说鲁提辖打死了“镇关西”，官府画影图形，在各州城府县张贴，缉捕鲁达。鲁达无处逃避，只得在五台山文殊院落发为僧，智真长老看他有佛性，收留了他，给他取了个法名叫智深。

可是鲁智深哪里受得住寺规的拘束，跑出去喝酒吃肉。回来晚了又醉打山门、推倒金刚、掀翻供桌、打了和尚，大闹五台山。智真长老再想袒护都不行了。没办法，给鲁智深一封信：“你去东京大相国寺吧，那里的住持叫做智清禅师，是我的师弟。你拿着我的书信，他就会收留你。”

鲁智深拜别了长老，背着包袱下了五台山。找了个铁匠铺，打了一把禅杖、一把戒刀。鲁智深便挎着了戒刀，提了禅杖起程上路。他朝东京方向走了半个多月，来到一个地方叫做桃花庄。

鲁智深在这桃花庄又管了一档子闲事儿。原来桃花庄附近有座桃花山，山上有个山大王——“小霸王”周通，看上了桃花庄的庄主刘太公家的女儿，要强行逼亲。鲁智深路见不平，自己装成新娘子上了花轿，进了洞房。那“小霸王”周通一进洞房，先被眼前的景象雷倒了——新娘子变成了胖大和尚。接着又被鲁智深的铁拳猛揍一顿。周通跑回桃花山，把大头领给叫下来，带着喽啰兵找鲁智深报仇。双方一见面，哎呀，认识！闹了半天桃花山大王不是别人，正是

“打虎将”李忠。这李忠不卖膏药了，跑到这儿占山为王！

李忠、周通把鲁智深请到了桃花山。鲁智深对周通说道：“周家兄弟，刘家只此一个女儿，还望你另寻一门好亲事，如何？”周通深为折服，折箭为誓，表示不再登刘家门。

鲁智深离开了桃花山，来到瓦官寺，遇到一僧一道两个恶人劫道杀人。鲁智深正饿得难受，打不过人家，拉着禅杖败下阵来。

跑出老远，碰上了一个过路的熟人——“九纹龙”史进。史进因没找到师傅王进，正无处可去，想回少华山入伙呢，正好在这儿碰到鲁智深。

两人见面十分高兴。鲁智深说：“你有吃的么？”史进说：“有！”赶紧拿出来干肉烧饼，鲁智深吃了个饱。二人把分别后的经过叙说了一遍，鲁智深、史进再到瓦官寺，双战僧道，为本地铲除了两害。然后，兄弟二人拱手道别，各奔前程。

鲁智深来到东京大相国寺。智清长老一看书信，上面详详细细写了鲁智深出家的缘由和如今出文殊院投相国寺的原因。智真长老最后还加了一句：“万望慈悲收留！”

智清便命小和尚带着鲁智深吃斋饭去，同时赶紧把职事僧人——就是大相国寺中高层领导招集起来，把鲁智深的事迹都说了一遍，跟大家商量是留还是不留。

不留，智真长老的情面难驳；留吧，又怕他乱了清规。

大家正左右为难，都寺和尚，也就是寺庙的常务总经理说话了：“咱们酸枣门外的菜园子，给一帮地痞无赖霸占了，原来看菜园子的老和尚也斗不过他们。干脆啊，让这位智深去管菜园子。管得住呢，他就住那儿。管不住呢，被那些泼皮无赖打跑，这算他没能耐，不算咱们不收留。您看怎么样?”

“嗯……阿弥陀佛，好！就这么办!”

就这样，鲁智深被安排到酸枣门外管菜园子去了。他领了法帖，辞别智清长老，背了包裹，挎了戒刀，提了禅杖，让两个和尚带着来到菜园子，和管园的老和尚办了交接。他在菜园子门口贴上一张布告，上面写着：大相国寺委派管菜园僧人鲁智深前来住持，自即日起，不许闲杂人等入园搅扰。

带路的和尚刚走，来了二三十个泼皮，就是当地的小混混。他们平常就靠偷园子里的蔬菜卖钱为生。这伙泼皮有两个头，一个是“过街老鼠”张三，一个叫做“青草蛇”李四。

看见新来了个看菜园子的胖大和尚，他们商量着先给他来个下马威。

“园里不是有个大粪坑么？咱们把他引到大粪坑边儿，抬起来给他扔到粪坑里去，如何?”“好主意!”

这些坏小子把计策商定好了，上街买来精美的礼品盒子，上等的酒坛子——宋代也是重包装的，几个泼皮拿着“礼物”就进了菜园子，一个个满脸堆笑。

鲁智深正在园子里熟悉环境呢。一眼望去，绿油油的一片菜地。屋前一片空地，种着好几棵垂杨柳，右边是一个葡萄架，左边是个茅房，茅房旁边就是一个大粪坑。

再看粪坑旁边儿，“嗯?”正看见几个小泼皮。小泼皮见了鲁智深，赶紧作揖施礼："哎呀！师傅！我们都是邻居，给您送礼物来啦。"

"既是邻居，就请过来坐。"

张三、李四一看鲁智深走过来了，"扑通"跪下了。

"哎呀！我们给大师傅磕头了！"

"头次见面，行此大礼，万万不可！哎呀，快起来，快起来！"但没一个起来的。鲁智深只好走到近前伸手相扶。

张三、李四两个人往左右一使眼色。"哗……"小泼皮们一拥而上。这边几个搬着鲁智深的左腿，那边几个抱右腿，"嗨！嘿！"一起使劲，就想抬起来把鲁智深扔粪坑里去！哪知道鲁智深竟两脚生根一般，纹丝不动！

这伙小泼皮，正在疑惑，"嘿嘿！小兔崽子，跟洒家斗？去你的吧！"鲁智深一抬右腿，"扑通！"张三和几个小子被甩粪坑里去了；又一抬左腿，"哎哟！"李四带着几个小子也被踹下粪坑！

闹了半天其实鲁智深早就留心了。一看这些小子不三不四，让他们过来他们又不过来，无缘无故跪下磕头，他就加了小心。果然这几个小子没安好心，鲁智深使了招平地生根，反把他们踹下粪坑。

剩下那几个转身想跑。鲁智深大吼一声："站住，谁跑谁就给我下去！"吓得他们都不敢动了。

这张三、李四等人从粪坑里爬出来，那真叫味道好极了！坑里坑外的一群泼皮，赶紧给鲁智深作揖："师傅，弟子有眼不识泰山，万望师傅饶恕，饶恕。""哼！还不快把这几个鸟人拽上来！"鲁智深哈哈大笑。几个泼皮赶紧找来棍子、竹竿伸进粪坑，把这几个给拽了出来。

鲁智深一捂鼻子：“唔……快！去菜园池子里洗洗去！回来再教训你们！”

这群泼皮算是给打服了，第二天，自备酒肉来请鲁智深。柳荫之下，鲁智深和这些泼皮开怀畅饮。大口喝酒，大块吃肉。鲁智深讲自己拳打“镇关西”以来一路上的经历，泼皮们也讲些街头巷尾的趣事。酒到半酣，只听得门外老鸹“哇哇”地叫，甚是恼人，原来这杨柳树上有个老鸹窝。

张三一看，赶紧搬梯子，拿杆子，要上树把老鸹窝捅了！

“哎——不用！看我的！”鲁智深用手拍了拍这柳树，这树有碗口粗，枝叶繁茂。鲁智深借着酒兴，走到垂杨柳近前，一哈腰右手在下左手在上抓住树干，双臂一叫劲，“嗯——！”把这个垂杨柳树连根拔起，老鸹四散惊飞。鲁智深把抱着的柳树“咣当”扔到一边。气不长出，面不改色。这二三十个泼皮，张着嘴，瞪着眼，全看呆了。“哎哎哎……愣着干嘛？喝酒！”小泼皮们半天才回过神来，“扑通！扑通！”全跪下了。“哎呀，师傅，您不是凡人，您是真罗汉！”

“这算什么？”鲁智深哈哈一笑，“改天洒家给你们看俺使器械！”

又过了些日子，鲁智深也命种菜的和尚备了些酒肉请这一帮小子们。酒至半酣，小子们要看师傅舞器械，鲁智深便乘兴舞起铁禅杖。只见那禅杖在他臂上翻飞，如蛟龙探海一般，众小子不禁连声喝彩。

“使得好!”一声洪亮的喝彩从墙外飘过来，一位军官正在举目观看。

河南开封大相国寺内“鲁智深倒拔垂杨柳”雕塑

博闻馆

柳树姓杨

鲁智深倒拔垂杨柳，他拔的到底是杨树还是柳树呢？其实，杨柳就是柳树，这源于一个“柳树姓杨”的传说。隋炀帝杨广下令开凿了大运河。他的目的可不是为了造福人民，而是为了方便自己到江南旅游。公元603年，隋炀帝下令百余万民工开挖大运河。他接受大臣虞世基的提议，在堤岸两旁种柳树护堤。大运河修好之后，隋炀帝在运河上游玩，见运河两岸垂柳成荫，景色美不胜收，便御笔亲书把自己的姓赐给了柳树。隋炀帝姓杨，从此柳树又称杨柳。

这只是个传说。早在先秦时期，我国第一部诗歌总集《诗经》中就已经出现了“杨柳”一词，其中《小雅·采薇》里就有这样的名句：“昔我往矣，杨柳依依。今我来思，雨雪霏霏。”这里的杨柳指的不是杨树和柳树，而是单指柳树。杨树，没有下垂的枝条，形不成“依依”的意象。在我国古代，“杨”和“柳”是同义的，都指柳树。成语中的“百步穿杨”，穿的也是柳叶。而现代植物学意义上的杨类植物，在我国古代被称作“白杨”“青杨”“天杨”等。

误入白虎堂

话说鲁智深正把禅杖舞得风声呼呼，银光闪闪，只听墙外一声叫好。

“嗯?”鲁智深赶忙收招住式，就见墙缺口边站着一个人，头戴青纱抓角儿头巾，身穿一领单绿罗团花战袍，手中拿着一把折扇；长得豹头环眼，燕颔虎须，身高八尺，三十出头儿的年纪。正在那儿不住地点头叫好。

“哟!”小子们一看，赶紧给鲁智深介绍：“师傅，这位官人就是八十万禁军枪棒教头‘豹子头’林冲。”“哦，原来是林教头，失敬失敬！快请进来。”林冲一纵身跳进墙内。

鲁智深请林冲同席而坐，林冲本来是带着娘子到临近的东岳庙里进香，听见这里有叫好声，想是遇上了有好功夫的人，便让丫环锦儿陪着娘子先去上香，自己过来观看。果然，这舞禅杖的和尚功夫了得。二人交谈一阵，都觉得意气相投，相见恨晚，当即结拜成为生死兄弟。鲁智深年长做了大哥，林冲做了兄弟。

就在这个时候，丫环锦儿慌慌张张跑来，到破墙口往里一看，“哎呀！官人！不好了！有人在庙外调戏娘子呢！快去看看吧。”

“啊!”林冲大怒，回头冲着鲁智深一抱拳：“师兄，我先走一步!”说着“噌”跳出墙外，跟着锦儿来到东岳庙，只见在东岳庙外、石阶之上围了一伙人，为首的穿红袍的年轻后生，正拦住林娘子不让走，林娘子急得粉面通红。

林冲几步抢到近前，一把抓住一个小流氓的肩胛骨一拧，“哎呀呀呀……”疼得这小子直学狗叫。

“光天化日之下，竟敢调戏良家妇女！”林冲右拳握得嘎嘣嘣直响，举到空中刚要砸下来，一看这小子正是自己顶头上司太尉高俅的干儿子高衙内。

高俅对这个干儿子一向非常宠爱，高衙内就仗着高俅的势力在东京欺男霸女，寻花问柳，无恶不作，人称“花花太岁”。林冲见是高衙内，这拳头举起来就没落下。

这高衙内吓坏了，但一看是林冲，他倒来劲了，一抖肩膀，挣脱林冲的手：“林冲，你干嘛？用你多管闲事？”这个高衙内还不知他调戏的美人就是林娘子，高衙内这些跟班的一看，明白了。

“林教头，误会，误会啦。”这些跟班拥着高衙内撤了。

林冲赶紧过来问妻子伤着没有。林娘子一见丈夫来了，呜呜直哭，林冲和锦儿忙在一旁劝慰。

就在这时，鲁智深提着铁禅杖，带着那二三十个泼皮，每人手中都拿着棍棒，大踏步走进来。“贤弟！那小子哪里去了？洒家帮你打死他！”

林冲一看，知道大哥疾恶如仇，脾气暴躁，赶忙拦着：“师兄！没事儿了，没事儿了。那人是高太尉的干儿子高衙内，不认识娘子，一场误会。本来想痛打他一顿，又怕太尉面上不好看。算了！”“算了？贤弟，你怕高俅，洒家不怕他！他若再敢无礼，贤弟你来叫我，让他吃俺三百禅杖！”林冲一看鲁智深已喝醉了，赶紧让这些泼皮把鲁智深扶回去休息。他呢，带着娘子、丫环回家。

林冲不跟高衙内计较了，可这事并没有完。高衙内那边茶不思、饭不想，满脑子都是小美人儿林娘子。

高衙内手底下有一个狗腿子叫富安的，平时专给高衙内出馊主意。一看高衙内这个样了，就跟他说："衙内，府上的虞候陆谦和林冲平素关系最好。您要想得到小娘子，就这么这么着……""好！好计！"高衙内高兴了。第二天，就让陆谦依计行事。

这个陆谦和林冲是好朋友，他在高府当官还是林冲推荐的呢。在利益和友谊面前，有的人会毫不犹豫地选择——出卖朋友，陆谦就是这样的人。他先把林冲约到家里喝酒，半路又改主意进了酒馆。他的手下就到林冲家，佯说林冲突然病了，就把林娘子骗到了陆谦的家里。高衙内早等在那儿，见了林娘子就要强行非礼，林娘子一面呵斥一面躲避。幸好锦儿跑出去找着了林冲，林冲赶到陆谦家，一脚踹开楼门，高衙内听见林冲的喊声，吓得跳窗户跑了。

林娘子头发披散，委屈得直哭，"幸亏官人来得及时，晚来一步……呜呜呜——""可恨陆谦这个畜牲！平常和我称兄道弟，没想到竟设计来害我！"噼里啪啦！林冲把陆谦家给砸了个粉碎。

林冲把娘子送回家，揣了一把解腕尖刀，就去找陆谦拼命。陆谦早躲进太尉府不敢回家了。

过了几天，鲁智深来了，林冲知他性子烈，没敢把详情告诉他。鲁智深把他叫出去喝了一天酒。接连好几天，林冲都和鲁智深在一起，喝酒畅谈，慢慢也就把不愉快的事给淡忘了。

他忘了，可是高衙内没忘。跳窗跑回来，相思病更重了，躺在床上起不来，嘴里一直念叨着“林家小娘子”。

这陆谦和富安商量好了主意，就去找高俅，几个人一起，非要把林冲置于死地。

林冲每日除了训练禁军以外，就和鲁智深喝酒切磋武艺，两人的交情日渐深厚。这天两人在酒馆又喝完了酒，分手回家，在路上，林冲碰到一个卖宝刀的。

林冲把这口刀拿过来，拉出鞘一看，光彩夺目，果然是一口宝刀。林冲毫不犹豫买下了它。

林冲带着这口宝刀回家，翻来覆去观看，爱不释手，一边看一边赞叹：“好刀！好刀哇！听说高太尉府中就有一口宝刀，我几次向他借着看看，高太尉都不肯给看。没想到今天我也买了口好刀！”林冲心里还美呢。

第二天早上，太尉府来了两个差役，说：“林教头，太尉听说你得了把宝刀，让我们叫您带着刀去府里，太尉要看看您的刀。”听说顶头上司要看刀，林冲只得跟了他们，到了太尉府。他也不想想：昨晚刚买的刀，太尉府怎么这么快就知道了？

跟着两人再往里转，前面一座厅堂，绿色门帘垂着。两个差役说：“教头，您在这儿等着。我们去回禀太尉一声。”“有劳！”林冲抱着刀，站在屋檐下等着。

二人走了，半天不见回来，林冲心中狐疑。他再看面前的这座厅堂，挑开门帘一望，只见正堂扁额上有四个大字——白虎节堂。呀！这白虎节堂是商议军机大事的地方，无故闯入，犯死罪的。想到这儿，林冲急忙抽身。

这时候，突然一阵脚步声响，“哗啦啦”从外面闯进来许多兵丁，为首的不是别人正是高俅。林冲还想上前施礼呢，高俅大喝一声：“大胆的林冲，竟敢持刀擅自闯入白虎节堂！莫非要来刺本官？”

林冲一听赶紧解释：“不不不，林冲并无此意。”

“没有此意，你拿着刀上这儿干嘛？早有人对我说，你前两天手拿利刃在我府前徘徊，今天又无故闯入白虎节堂，必有歹心！”

“不不，太尉，是府上的差役传您的命令叫林冲拿刀到此的。”“胡说，他们在哪儿？”

“呃，他们进后院找您去了。”

“哼哼！胡说八道！哪有差役敢进后院的，分明是在狡辩！来啊！把林冲给我拿下，交开封府定罪！”兵丁不容分说，把林冲捆绑起来。那把宝刀，也作为物证给没收了。

林冲被押解到开封府，滕府尹升堂审问，林冲把前后经过讲述了一遍，又说：“这分明是太尉陷害林冲，望知府大人做主。”知府哪里肯听，那高俅位高权重，又人证、物证俱在，于是滕府尹认定林冲持刀闯入白虎堂，图谋不轨，给林冲上了刑具，关进大牢。

林冲的老丈人张教头得了消息，一面送牢饭，一面使银子上下打点。幸亏开封府里的孙孔目是个好人，为人正直，帮林冲开脱。滕府尹也知道这是个冤案，笔下超生，最后给定了一个“不合腰悬利刃，误入节堂，脊杖二十，刺配沧州”。在林冲脊背上打了二十棍子，脸上刺了字，发配去沧州。

博闻馆

刺配是怎么回事

刺配是中国古代的一种刑罚。“刺”就是在犯人脸上刺上字或标记，“配”就是押送边疆服役或充军，重的一辈子都回不来了。刺配这种刑罚最早是在五代时期的后晋开始的，原是对死刑的格外开恩，但在后来的实际执行中，成了劳教处罚扩大化的具体表现了。这种刑罚在宋、元、明、清各朝延用。宋代的刺配按罪行轻重的不同而有所区别，分为刺配本州、邻州、500里、1000里、2000里、3000里及沙门岛等不同等级的刑罚。刺脸也分为“大刺”和“小刺”。凡犯重罪的，就把字刺得很大，若是轻罪，脸上的字就刺得小一点。宋代常常是每隔两三年就有一次大赦。每次大赦，服役期间表现好的，可以释放回家。所以林冲就抱着一线希望，希望能有一天回家和娘子团聚。

刺配沧州道

林冲被打了二十棍子，脸上刺了字，这叫“打金印”，脖子上又戴了七斤半的铁枷，贴上封皮，押了一道牒文，由董超、薛霸两个差役押送，发配沧州牢城营。到那儿劳动改造去！

林冲没判死罪，高俅没达到目的，还得接着整。陆谦受命去找董超、薛霸，每人给了五两黄金，对他们说：“这五两金子是高太尉送给二位的。太尉的意思很简单，就是让你们两个押解林冲去沧州，在半道上找个没人的地方，把林冲——‘嗯’！”他用手往脖子上一比划，“明白了么？”

“小的明白了。只是……我们回来怎么交待？”

“你们就说林冲在半道上跳崖自杀了，或者说病死了，怎么说都行。太尉说了，事成之后，你们把林冲脸上有金印的那块皮揭下来，以此为凭，回来太尉每人再赏黄金十两！”

“好，好！”董超、薛霸收了金子，“虞候，您放心，这路上有一处黑松林，荒无人烟，正是下手的好地方。”

第二天，董超、薛霸收拾好了包裹，拿了水火棍，办了手续，到牢房之中提了林冲，监押上路。

这时候，林冲的老岳父张教头，还有左邻右舍都过来给林冲送行。因为林冲这个人侠肝义胆，谁家有困难都出手相帮。大家都知道林冲受了冤屈，不约而同来送林冲。张教头给了董超、薛霸些银子，让他们在一旁喝酒。自己和邻居把林冲带到州桥下酒店里一间雅间中，这里酒菜都已经摆好了，大家为林冲饯行。

戴敦邦绘《林冲刺配沧州道》

林冲谢过邻里，又对老丈人一抱拳："老泰山，您把女儿嫁给我已经三年了，虽说没有儿女，但仍是夫唱妇随。今日林冲生死未卜，娘子在家，恐怕高衙内又找上门威逼亲事；再者，娘子青春年少，我此去不知什么时候回来，不要让娘子为林冲误了前程。今天，林冲当着各位高邻的面，愿写一纸休书，任娘子改嫁。这样一来，林冲此去沧州便再无牵挂了。"林冲不顾张教头劝阻，执意写了休书。

这林娘子昨天连夜为林冲赶做衣服，刚刚做好，带着锦儿给林冲送来。到了这里，知道林冲把自己休了，当时就哭昏过去。众人赶紧救醒，林冲劝慰她："娘子，我是好意。恐怕日后两下耽误，误了你一生啊。"林娘子哪里肯依，这时张教头说话了："闺女、贤婿，你们放心，我回头就把闺女和锦儿接回家去，替贤婿好生照顾，等你回来团聚。想那高衙内也不敢上门抢人吧!”说得旁边的邻居都哭了。现实就这么残酷，这么好的一家人，就这么活生生地给拆散了!

这时候，董超、薛霸过来了:“哎哎哎，行啦行啦!该上路了，时候不早了!”林冲无奈，一咬牙，冲着老丈人、妻子和众位邻居一抱拳，牙关一咬，转身启程。“官人——官人啊——”任凭妻子在后面追喊，林冲咬着牙，含着泪，没有回头，出了东京汴梁城。

林冲被打了二十多棍子，打得皮开肉绽。当时正是盛夏，伤处红肿，疼痛难忍。再加上脖子上带着枷，手上脚上带着铐，所以只能一步一步往前挨，但董超、薛霸这两个小子一路上还不停催促打骂。想到娘子和岳丈，林冲咬牙忍了。

走了一天，晚上投宿到一个客栈之中。董超、薛霸把棍子放下，“哎呀!累死了，饿死了!林教头也累了吧?”林冲一听这个口气，对自己不像白天那样了。

一会儿，店小二给送来了酒菜。董超、薛霸还服侍着林冲吃饭、喝酒，“来!林教头，喝一杯!”二人三灌两灌，把林冲灌晕了。最后，和枷倒在了一边。这两个小子端来一盆开水，“林教头，来洗个脚，咱就睡了。”

“哎，好。”林冲挣扎着想起来，但是有锁枷碍事，一时没起来。

薛霸说了:“不用起来，我给你洗脚。”“哎呀，这可使不得，使不得!”薛霸把林冲的双脚扯过来，往盆里开水中使劲一按。

林冲疼得惨叫一声，急忙把脚缩了起来。再看林冲的双脚，立刻起了水泡。薛霸却说："今天我好心好意给你洗脚，你倒嫌冷嫌热的，真是好心没好报！"董超、薛霸转头睡觉去了。可怜林冲，身上棒伤加上双脚烫伤，疼得一晚上不能入眠。

第二天天没亮，董超、薛霸就起来了。"哎哎……起来了，上路！"

"哎呀，我，我走不动了！"

"走不动也得走！"董超过去给林冲换了一双新草鞋。林冲往地上一站，新草鞋粗糙坚硬，立刻把脚上的泡给扎破了。董超、薛霸拿着棍子在后面赶着，林冲咬着牙一步一步往前挨，走了不到二里地，双脚鲜血淋漓，实在走不动了。

"算我们倒霉！"董超过来扶着林冲，往前又挨了四五里路。停步一看，眼前一片密松林，烟笼雾锁，遮天蔽日。这就是东京去沧州路上第一个险峻之处，名叫"野猪林"。就在这个林子里，被当差害死的不知道有多少人。

"得了，咱们先到林子里歇一歇。"二人押着林冲进了林子。林冲浑身发烧，早已没了力气，就靠着一棵大树，昏沉欲睡。

这时，董超、薛霸过来了："林教头，跟你商量个事儿。这荒郊野外的，我们睡觉，你跑了怎么办？不如让我们拿绳把你捆到这树上，这样你也睡得好，我们也睡得好。怎么样？"林冲说："好，你们就捆吧！"

薛霸从腰里解下绳索，把林冲连手带脚带着大枷，结结实实地捆在了树上。

董超、薛霸捆好了林冲，两个人同时转身，把水火棍举起来了。“林教头，是高太尉他们想要你的命，不是我们俩，你到阎王爷那儿可别告我们哥儿俩，要告就告高太尉、陆虞候他们去……”

林冲心说：“没想到，我‘豹子头’林冲竟落得如此下场。”

董超、薛霸举起棍子，猛砸下去，就听见“咔嚓”一声巨响，两根水火棍离林冲头顶还有半尺的时候，突然树后面飞出来一条铁禅杖，两根水火棍正好砸在铁禅杖之上，两根棍子都被迸飞了。

董超、薛霸就觉得双臂发麻，脚下被震得“噔噔”倒退几步，“扑通，扑通”摔了个仰面朝天。

紧跟着，“噌！”从松树后面闪出来一个胖大和尚，大吼一声：“呔！你们两个鸟人！敢伤我兄弟，洒家要了你们的命！”说着抡起铁禅杖就朝董超、薛霸砸过来。

林冲也睁开了眼，一看，“哎呀！大哥！”

来人正是“花和尚”鲁智深。鲁智深自打林冲出了事，就放心不下。林冲刺配之后，鲁智深在暗地看到这两个解差被一个官人叫去说话，觉着不像好人，怕这两个人在路上害林冲，所以一路暗地里跟着。昨天晚上，林冲进了那个客店休息，鲁智深也进去了。董超、薛霸用热水烫林冲，鲁智深看得是清清楚楚。当时鲁智深就想冲进去，把这两个小子给咔嚓了。但是客店人多不便动手。天还没亮，鲁智深先到了野猪林等着。结果他还没下手呢，董超、薛霸倒先对林冲下手了。鲁智深这才用禅杖把水火棍给挡开救下林冲。然后举杖就想拍死董超、薛霸。

林冲忙叫："师兄住手！既然我已得救，就休要害他两人的性命了。"董超、薛霸赶紧爬过来磕头："哎呀，师傅饶命！教头饶命！我们也是不得已才这么做的！"林冲说："师兄，你就饶了他们吧。"

"看在我兄弟面子上，估且饶你二人性命。"鲁智深一指董超、薛霸："快起来，打开枷锁，背着我兄弟走！如有半点差池——"他一晃手中的禅杖，"我要你们的命！"董超、薛霸一路轮流背着林冲，服侍着他，不敢有丝毫怠慢。林冲在鲁智深的精心照料之下，身上的伤基本痊愈了。鲁智深一直把林冲护送到离沧州七十里处，看到前面一路都有人家，不用担心董超、薛霸加害了，这才跟林冲告别。

博闻馆

古代人怎么休妻和离婚

在中国古代，解除婚姻的决定权操纵在男方家长手里。所以夫妇离异，不叫离婚，叫"休妻"。西周时期建立的"七出三不去"就是一套相对完整的解除婚姻的制度。"七出"是休妻的具体条件，包括：不孝顺父母、无子、通奸、妒、严重疾病、挑拨离间、盗窃。妻子符合其中一个条件，丈夫就可以把妻子休了。"三不去"则是对"七出"的限制，包括：妻子无处可去、妻子为公婆守孝三年、夫家先贫后富。符合其中一个条件，丈夫就不可以休妻。但是妻子若犯了"七出"中的"通奸"和"盗窃"，那么"三不去"

就限制不了休妻了。

唐朝出现了允许夫妻双方自愿解除婚姻的“和离”制度和由官府判决离婚的“断离”制度。

宋代妇女有一定的离婚权，包括丈夫外出三年不归、逼妻子为娼或把妻子卖了、丈夫犯罪被处以流刑或被处以其他刑罚而移乡编管，这种情况下，妻子可以离婚。像林冲这种情况，林娘子是可以提出离婚的。这样的规定，对当时的弱势群体——妇女，起到一定的保护作用。

风雪山神庙

话说林冲告别鲁智深，和董超、薛霸二解差继续赶路。再往前走，投宿在一位柴大官人家，这位便是“小旋风”柴进。这个柴进是周柴世宗的后代。宋太祖赵匡胤发动陈桥兵变，抢了柴家的皇位，觉得对不起老柴家，就赐给他家“丹书铁券”，就相当于免死金牌。这个“小旋风”柴进，乐善好施，广交天下好汉宾朋，对过往刺配充军的人，他都给钱粮资助。见到了林冲，柴进非常高兴，设宴款待。没想到柴进手下有个洪教头，不服林冲，非要跟林冲比武。林冲先是谦让，可洪教头不依不饶，林冲只有接招儿。洪教头举棒劈杀，被林冲看出破绽，一棒子扫倒在地。众人哄笑，洪教头羞惭而去。柴进见林冲武艺超群，有心结交。临走时又送礼物，又写了两封推荐信，让林冲带着，说到了沧州牢城营，交

以林冲为题材的剪纸艺术

给管营。

林冲谢过，告别了柴进，和董超、薛霸来到沧州城。办完了交接手续，这边把林冲收了监，董超、薛霸领了回文，回归东京汴梁。

林冲早听说管营、差拨收受贿赂，就先在他们身上使了不少银子，再把柴进的书信一呈，每个犯人必打的一百杀威棒就给林冲免了。管营、差拨还给了他个省力的活儿——看守天王堂，也就是早晚烧香扫地。林冲对管营、差拨千恩万谢，又接着使银子，身上的枷锁也去了，还能自由走动。没使银子的犯人，带着枷还得干重活儿，林冲呢，只要等到刑罚期满了，就可以回家和家人团聚了！这就是金银的力量。

一晃过了四五十天，转眼就到了隆冬季节。柴进还不时派人给林冲送衣服送银子。

林冲有一定的行动自由，可以在附近转转，打点儿酒，买点儿东西。他在这牢城营一转悠，还遇到一个熟人——李小二。在东京的时候，林冲接济过他。如今李小二在沧州取了酒店老板的女儿，还继承了酒店。他听说了林冲刺配的经过，就说："您到了这儿来，是上天赐我一个报恩的机会，您以后的衣服就拿到家里来浆洗缝补。"林冲听了心里十分感激。世间之人有背信弃义的，也有重情重义的。从此之后，林冲就经常到李小二酒店中来。李小二夫妻也拿林冲当作亲人，对林冲非常照顾。当然林冲对他们也很慷慨，很照顾他们的生意。

一天，李小二的酒店里来了两个人，鬼鬼祟祟，走进酒店单间之中。先吩咐李小二设酒布宴，又让李小二去牢城营中把管营和差拨两个人请来。然后，这几个人就把李小二赶出单间，他们在里边窃窃私语。

李小二的工作就是摆开八仙桌，招待十六方的。凭职业敏感，就觉得这两个人要捣鬼，而且他们是东京口音，又请了管营和差拨密谈，直觉告诉他这事儿和林冲有关，他就留了心。送菜之际，偶尔还听见他们提到“高太尉”。李小二就让媳妇隔门缝儿偷听。媳妇听了一个时辰，出来说道：“哎呀，当家的。他们四个说话嘀嘀咕咕，听不太清楚。不过我看见先来的那两个人取出一个小包袱来，鼓鼓囊囊的，交给了管营和差拨。我估摸着里面是金子银子。又听那个差拨说了：‘这事儿包在我身上！肯定结果他生命！’”“哦！”李小二也吃惊不小。

这四个人商量了半天，最后都出门走了。李小二正打扫房间呢，林冲来了。李小二赶紧把刚才的经过给林冲说了一遍。“恩公，您可要小心点，我怕他们是针对您啊！”林冲说：“那两人长得什么模样？”“五短身材，白净面皮，没多少胡须，约摸有三十多岁。那跟班的年岁也不大，紫棠色面皮。”“哦？嗯！这三十岁的正是陆虞候！陆谦啊陆谦，你害我到这个地步还不放过我！我要你的命！”林冲大怒，转身离开李小二的家，去街上买了把解腕尖刀带在身上，然后满沧州寻找陆谦。

林冲找了四五天，也没见到陆谦的影儿。林冲就把这个警惕心给放下来了，也许来人并不是陆谦。正在这个时候，管营把林冲找来了，派他去东门外十五里看守大军草料场，这是个肥缺，清闲，收入还不低。林冲很高兴：“多谢大人。”“哎，谢啥啊！今天叫差拨带你过去交接。”“是！”就这样，林冲先去跟李小二夫妻道别，回到天王堂，收拾好了自己的行李，带好了尖刀，拿了条花枪，跟着差拨一同赶奔草料场。

这天，正是严冬天气，朔风渐起，寒风刺骨。两个人出来的时候，天已经开始下大雪了，纷纷扬扬。林冲和差拨迎风冒雪来到草料场，一看，这草料场一周围有黄土墙，两扇大门。推开，里面七八间草屋，那就是仓库，四下里都是马草堆，中间两座草厅。

差拨带着林冲和看草料场的老军士办理了交接，偌大个草料场此时此刻就剩下了林冲一人，他坐在这个茅草屋内烤着火盆，听着外边寒风呜咽，如同鬼哭狼嚎一般。这破草屋，墙全崩坏了，四面透风。林冲一抬头，看到了墙上的酒葫芦。干脆去打壶酒来，暖暖身子！林冲便把火盆盖好了，以防失火。草料场里，消防安全头等重要。然后戴上斗笠，锁好草场大门，踏着琼玉一样的积雪，冒着北风向东走去。

那雪正下得紧，林冲冒着雪走了半里多路，来到前面市井的一家酒馆。进去打了酒，又买了些牛肉，包起来揣在怀中，用花枪挑着酒葫芦往回走。

雪越下越大，天色也逐渐地暗下来。林冲回到草料场，那破烂不堪的茅屋，竟被雪压塌了。幸好刚刚出去打酒，不然人就压在底下了。林冲赶紧扒开废墟，还好火盆完全灭了，不会烧到草料场了。

房子塌了，这么大的雪，到什么地方过夜呢？林冲想起打酒的路上有座山神庙，不如在那儿对付一宿吧。他伸手摸到棉被，拽出来卷好。也用花枪挑着，出了草料场。

林冲进了庙门，把门掩上。搬了块石头，把门顶住。脱下斗篷铺在供桌上，把被子铺好。林冲一边喝着冷酒吃着冷肉，一边听着外边呜咽的风声和刷刷的落雪声。突然，林冲听到外边毕毕剥剥的爆响之声。从窗户往外一看，好像西边一片红。天哪！就见草料场方向，浓烟滚滚，烈火腾空。草料场失火，那是要杀头的呀！林冲立刻想开门出去救火。

就在这个时候，听到了三个人的脚步之声，奔庙门而来。到了庙门前，用手推门，推不开，几个人便站在庙檐下看着大火。

就听见其中一个说话了："嘿嘿，二位，怎么样？这条计策好不好？小人去草堆里放了十来把火，林冲肯定化成灰烬了。即使侥幸脱身，烧了大军草料场，也得判他个死罪！"

"呀！"林冲一听这个声音，这不是那差拨么？原来这是他点的火！又有人说："是好计啊！这还多亏了管营、差拨两位费心！我到京师，禀过太尉之后，保你二位做大官。""哎呀！那多谢陆虞候了！"啊！陆谦！林冲听到这里，牙关咬紧了。又听一人说："太尉特地命我二人请两位办这件事儿，不想今日干成了。"这三人正是差拨、陆谦、富安。

林冲暗想：我林冲一生行事端正，这些恶人因何非要置我林冲于死地！你们不给我留活路，我也不给你们活路！

想到这里，林冲轻轻把石头搬开，拽开庙门，大喝一声："恶贼！哪里跑！""啊？"林冲没死！可把三个人吓坏了，转身要跑，却吓得脚软。

林冲一个健步冲过去，举起大枪，一招乌龙搅水，把差拨给捅了个窟窿。

富安见势不妙，想跑。林冲回手一枪，从后心扎进去，富安惨叫一声，倒下没气儿了。

陆谦跑出几步，被林冲上前一把抓住，摔在雪地上，林冲用脚踏住他的胸口，把花枪往地上一戳，从怀中抽出了解腕尖刀来，“陆谦！我林冲与你可是朋友，你为何这样害我？”“这，这不干我事。是高太尉差遣，不敢不来。”“我家人怎么样了?!”“大哥你走后，高衙内带着打手上张教头府上逼亲，张教头与他们争执不过，被、被他们给、给杀了……嫂夫人被高衙内抢走，强行非礼，嫂夫人誓死不从，用一把剪刀自、自尽了!”林冲听了大吼一声，“噗”一刀刺入陆谦的心窝。

林冲杀了三个人，把他们的人头割下来，放在山神庙的供桌上，当作供品。接着他把葫芦里的酒一饮而尽，走出庙门向东而去。

博闻馆

为什么柴家在宋朝有特殊地位?

《水浒传》中的“小旋风”柴进，《说岳全传》中的“小梁王”柴贵，或有着尊崇的地位，或有着世袭的爵位，这是为什么呢?

这得从陈桥兵变说起。公元959年，后周世宗柴荣病死，他七岁的儿子柴宗训继位，就是后来的恭帝。公元960年正月元旦，恭帝正在接受群臣朝贺时接到了辽国联合北汉大举入侵的消息。一片慌乱中，宰相范质便命令赵匡胤率领禁军北上抵御。赵匡胤得到了最高军权，可以调动全国兵马。

赵匡胤率军出征，当队伍行至陈桥驿（今河南封丘东南陈桥镇）时，赵匡胤的弟弟赵匡义和归德军掌书记赵普授意将士把黄袍披在赵匡胤身上，拥立他为皇帝。当然，赵匡义和赵普是演员，而且是配角，总导演和男一号是赵匡胤。辽国入侵的消息，也是他派人伪造的。黄袍加身之后，赵匡胤率军回师开封，逼迫恭帝退位，夺取了后周政权，改国号为“宋”。

后周世宗柴荣生前，已经开始了改革积弊和一系列的统一战争，为北宋的统一打下了良好的经济和军事基础。可惜壮志未酬身先死。柴荣生前非常信任和器重赵匡胤，为了表示自己仁慈宽大，赵匡胤对外声称优待柴氏后代，还留下碑誓：柴氏后人有罪不得加刑。其实恭帝和柴荣的另外几个儿子，都很年轻就莫名其妙地死了。赵匡胤优待的是其他柴氏宗族。所以故事中的柴进才有这样的地位。

卖刀天汉桥

林冲火烧了草料场，杀死了官差等人，奔东而去。顶风冒雪，衣履单薄，走了两个更次，人已冻得不行了。见前面几间草房，想进去讨口酒喝，可是里面几个人就一坛子酒，自己还不够喝呢，哪能给他。林冲上去便抢，庄客们哪里是他的对手，早四散奔逃了。林冲是多温文尔雅的一个人哪，现在走投无路，连犯人都做不成了，脾气涨了不少。他抱起酒坛子，一口气喝下半坛子，又提枪出门。走出去不到一里，酒劲儿上来了，一头栽倒在山涧旁。

林冲醒来的时候，已被刚才那伙人吊房顶上了。叫来主人正要拷问，不想这庄主正是柴进，原来这是他的东庄。柴进一眼就认出了林冲，吃了一惊，“林教头怎么到这儿来啦?”赶紧解绳子，放下林冲。

柴进听他把事情原委讲叙了一遍，就把他留在自己的庄子里。可是外面风声正紧，林冲怎么能连累人家呢？结果住了几天，就要告辞。

柴进知他没有去处，便给他介绍了个地方：“山东济州有个水乡叫梁山泊，方圆八百里，中间是宛子城，蓼儿洼。如今有三个好汉在那里占山为王。大头领‘白衣秀士’王伦，二头领‘摸着天’杜迁，三头领‘云里金刚’宋万。手下七八百喽啰打家劫舍，官府不敢动他们。我与三个好汉交情不薄，教头不如投奔他们。”

事到如今，林冲已没有别的选择。柴进写了一封介绍信，又赠了林冲些银两，让林冲带上了梁山。林冲谢过，告辞上路。

到了梁山泊边上的一个酒馆中，林冲吃了几杯酒，一股豪气涌上心头，向酒保要了笔砚，乘着酒兴，提笔在墙上写道："仗义是林冲，为人最朴忠。江湖驰誉望，京国显英雄。身世悲浮梗，功名类转蓬。他年若得志，威镇泰山东！"

写罢，举杯再饮，后面有人将他拦抱住："你就是林冲，官家正重赏捉你！"

林冲手里酒杯都没动，只问了一句："你真的要拿我？"

那人笑了："请跟我来，到里面说话。"

原来这人便是酒店主人"旱地忽律"朱贵，是专门为梁山泊打探消息的。朱贵带着林冲上了梁山，见到了三位首领。大头领"白衣秀士"王伦接过柴进的书信一看，心中打起了小算盘：自己是个不第秀才，杜迁、宋万又武艺平平，而林冲是八十万禁军教头，若让他入伙，自己这第一把交椅恐怕坐不稳了。不如打发他下山去，免生后患。

王伦打定了主意，表面上挺客气，好酒好肉招待了林冲。酒饭之后，他便让喽啰拿出了纹银五十两给林冲，说梁山泊地小财薄，恐怕委屈了林冲。林冲忙解释："我林冲岂是为钱而来呀！"杜迁、宋万、朱贵也苦苦相劝，要求王伦把林冲留下来。王伦无法，只好说："我是担心林教头投奔梁山的诚意。这样吧！林教头若真想入伙，三日之内，纳一个投名状来。若三日交不出，那就对不起林教头了。"投名状，就是人头。

林冲只得到山下劫道去了，两天过去没见有单个客人行走，到了第三天，一直等到中午，才来了一个挑担子的人。林冲大喊一声冲过去，那人扔下担子跑了。林冲正想把担子带回去交代，一位脸上有块青记的大汉提刀找来了。

林冲举刀相迎，二人战了三十多个回合，正难解难分，忽听有人高喊："二位好汉不要斗了！"

二人收刀环顾，原来王伦、杜迁、宋万赶下山来，在一旁观看多时了。大伙自我介绍了一番，原来这面上有青记的大汉就是杨家将的后人，姓杨名志，绰号"青面兽"。杨志从小练就一身好武艺，中过武状元，官居殿司制使官。只因押运徽宗盖万岁山用的"花石纲"遇到了暴风雨，一船的石头全都掉入黄河，畏罪逃跑。在外边躲了几年，正赶上徽宗大赦天下，杨志凑了一担子金银玉器，想行贿，再谋个官职。不想雇的挑夫被林冲打劫了。

王伦见正好来了个杨志，心想：不如做个人情，把林冲、杨志都留下来，让两个人互相牵制，他这个做领导的，还可以在中间做好人。所以，王伦把杨志让到梁山，安排酒宴款待，邀他入伙。可是，杨志是将门之后呀，还没到走投无路的时候，怎么甘心落草为寇呢？他就向王伦要回那一担财物，王伦的想法落空了，款待了杨志一番，第二天，把杨志送下梁山。在众人劝说之下，王伦无奈，让林冲坐了第四把交椅。

单说杨志到了东京，把那一担子钱财从下往上全贿赂完了，才最终见到高俅。高俅看完杨志的简历，把他训斥一通，赶出了殿帅府。杨志官儿没当上，钱花完了，没办法，只好把自己的祖传宝刀拿出来，卖些钱做盘缠。

杨志把宝刀抱在怀中，上边插了草标，表示要卖这把刀。到了马行街，没有人问津。杨志就又抱着刀来到热闹的天汉州桥。他正要喊“卖刀”，忽然听见有人喊：“大虫来啦！”大虫就是老虎，杨志还觉得奇怪呢，集市上怎么有老虎呢？就见周围的人一眨眼工夫，全跑没影儿了。

杨志正纳闷，迎面走过来个黑大汉。这人就是有名的泼皮无赖，人称“没毛大虫”的牛二。这牛二专在街上行凶敲诈，欺负老实人。

所以别人一听大虫来了，全躲了，就剩杨志一人还站那儿。这泼皮一步抢过去，把杨志的刀拽了过来。

抽出刀刃，问：“你这破刀卖多少钱？”

“这是祖上留下的宝刀，卖三千贯。”

“什么鸟刀这么贵？三十文就能买一口。”

杨志说：“我这口宝刀有三种好处。第一，砍铜剁铁，刀口不卷；第二，吹毛利刃；第三，杀人刀上不沾血！”“吹毛利刃”就是把一根头发放到刀刃上，轻轻一吹，头发就能断。

牛二一听，跑到别人铺子里抢了二十文钱，让杨志剁给他看，“你要是能剁得开，这刀不是三千贯钱么？我买了！”杨志把刀接过来，举刀便剁，“当”，一刀下去，齐刷刷把一摞铜钱剁为两半。众人不敢走近，远远地围观，“好刀哇！”见状都喝起彩来！

“喝什么鸟彩，第二件不是‘吹毛利刃’吗？我不信！”牛二从头上拔下一把头发，递给杨志，“你吹吹！”杨志接过头发，放在刀刃上，“嗯”一吹，头发断成两截，纷纷飘落在地。“哗……”人们又是一阵喝彩。

牛二脸上挂不住了，开始耍无赖，“好！你说这刀杀人不沾血？你杀个人给我看看！”杨志说：“你牵条狗来，我杀给你看。”

“不行！你说杀人，没说杀狗！你杀个人我看看。”

杨志不耐烦了：“哎！你要不买就别纠缠。”

“你说杀人不沾血，今天你非得杀个人让我瞧瞧不可。你若不敢杀人，这刀就得归我！”牛二以为杨志跟别人一般地好欺负，上前就抢，被杨志一把推倒。

牛二起身一头撞向杨志，嘴里还说：“有种你剁我一刀呀？”杨志被纠缠不过，一时气恼，手起刀落，“噗”的一声，牛二应声栽倒。那宝刀上果真没粘一丝血迹。

杨志杀了人，好汉做事好汉当，他让围观的众人给他做个证，自己到开封府自首去了。他杀了牛二，那是为民除害呀，而且是在被逼之下，所以，他在牢里没受什么罪，那些被牛二欺负的小贩还凑钱给他送饭。审案的推司也只给他判了个误伤人命，刺配充军大名府留守司。天汉州桥居民又凑了些钱给杨志做盘缠。杨志谢了众人，由两个差解押着上路。

到了大名府，大名府的留守梁中书是当朝太师蔡京的女婿，正在网罗人才。看了杨志的材料，当即给他开了枷，留在身边听用。

梁中书想提拔杨志做个副牌，领份薪水，怕众人不服，就安排杨志在校场比武，与原来的副牌将比枪法，比骑射，杨志大胜。这可把正牌将“急先锋”索超气坏了，出阵挑战杨志。梁中书答应了，二人披挂上马，杨志使枪，索超使斧，二人纵马出阵战在一处，战了有五十多个回合，不分胜负。梁中书都看呆了，两边观战的将领怕他们伤着，赶紧鸣金收兵。梁中书将他二人都升做提辖。

光阴荏苒，春去夏至，眼看蔡京的生日就要到了，梁中书的一切全是他老丈人给的呀，他便要给蔡京送一份厚礼，叫做“生辰纲”。进京的一路上不太平呀，因此上便派杨志负责押运这生辰纲。

博闻馆

清明上河图

《清明上河图》是北宋画家张择端创作的一幅绘画精品。宽 24.8 厘米，长 528.7 厘米。

它以精致的工笔记录了北宋末期徽宗时代首都东京汴梁（今河南开封）郊区和城内汴河两岸的建筑和民生，生动地反映了中国 12 世纪城市生活的面貌。关于“清明”二字有两种解释，一种是说指作画时间是清明时节，另一种说法是指当时的清明盛世，有粉饰太平的意思。

张择端完成这幅歌颂太平盛世的长卷后，将它献给了宋徽宗。宋徽宗作为中国历史上的书画大家，用他著名的“瘦金体”书法亲笔在图上题写了“清明上河图”五个字，并盖上了双龙小印。

《清明上河图》描绘的街市行人，给人一种动态的感觉，仿佛每一个人或动物都是活生生的，每一个场景都能演绎出一个动人的故事。其中有做生意的商贾，有叫卖的小

〔北宋〕张择端绘《清明上河图》(局部)

贩，有乘坐轿子的大家眷属，有身负背篓的行脚僧人，三教九流，无所不备。作品中的房屋、桥梁、城楼等也各有特色，体现了宋代建筑的特征。《清明上河图》具有很高的史料价值和艺术水准。展现在我们眼前的人来人往的街市，也许杨志就站在那里卖刀。

智取生辰纲

梁中书要孝敬给他老丈人的生辰纲，价值十万贯，这个消息不胫而走，就惊动了一位江湖英雄刘唐，因鬓边一颗朱砂红记，人称“赤发鬼”。他想，反正这生辰纲是搜刮民脂民膏来的，不占白不占。于是他便动身去找济州府郓城县东溪村的保长“托塔天王”晁盖，要一起干。这晁盖仗义疏财，专爱结交天下好汉。他不娶妻，只爱舞枪弄棒。刘唐到了东溪村，在一座庙里供桌上睡下。恰好县里两位巡捕都头——“美髯公”朱仝和“插翅虎”雷横来巡视，看见刘唐把衣服脱光枕在头下呼呼大睡，雷横便把他当成歹人，命人将刘唐捆了起来。押解途中，正巧遇上晁盖，晁盖见刘唐生得黝黑雄壮，便假称刘唐是他亲戚，从雷横手里救下刘唐。

晁盖、刘唐二人并不认识，刘唐是慕名而来，把生辰纲这单生意告诉了晁盖。晁盖听了，说了声：“壮哉！这可得细细筹划。”

晁盖找来当地秀才——“智多星”吴用。此人不仅饱读诗书，且熟读兵法。吴用思量片刻，计上心来。又找来了梁山泊旁石碣村的阮氏三雄——“立地太岁”阮小二、“短命二郎”阮小五、“活阎罗”阮小七。这时又有一名道士慕名来见晁盖，这便是“入云龙”公孙胜。他拳脚枪棒全会，而且还懂法术，会呼风唤雨，腾云驾雾。几人商议，生辰纲必经过黄泥冈，因此又吸纳了黄泥冈的闲汉“白日鼠”白胜加入。商量已毕，各自散去。

再说梁中书准备派杨志押运生辰纲到京师庆寿。去年的生辰纲半路上就被人劫了，杨志就跟梁中书建议：“恩相，从大名府到东京一路要经过紫金山、二龙山、桃花山等等等等，这几处都是强人出没的地方。这次不能大张旗鼓地装车运，不如把这些礼物都装筐里，用扁担挑着，所有护卫都乔装成商人。十来个禁军装做脚夫挑着担，小人也扮成商人一路护送，神不知鬼不觉就送到东京了。”

梁中书一听大喜：“就依你!”

要动身的时候，梁中书又让谢老都管带着两个虞候和杨志一同前往。杨志一听：“恩相，老都管是夫人的家人，德高望重，这要是在路上和小人有些意见不和，恐怕要误事。”

梁中书说：“好，我叫他们三个一路上都听你的调遣。”

杨志一听，“扑通”跪倒：“若是如此，小人就接了这个任务，倘有差池，甘当重罪!”

就这样，杨志一共带着十一担金银珠宝，把大家伙儿都打扮成商人、脚夫的模样。带着老都管和两个虞候启程上路。

天值盛夏，酷热难行。开始大伙是趁早晨凉快赶路，到了晌午时候打尖儿住店。但到人烟稀少的地方，这杨志就命众人太阳高高的时候起身，日落以前就歇息，偏拣最热的时候走。杨志一路又催得紧，谁要慢一点，歇歇腿吧，杨志是非打即骂，对那俩虞候也是一样，弄得众人是苦不堪言。

两个虞候早对杨志不满了：他一个贼配军，竟升为提辖

戴敦邦绘杨志像

了？大伙儿一路上还得听他的！众军汉这些天也累了个半死，也都上老都管那里骂杨志去。老都管说：“你们不要埋怨了，等到了东京，我好好赏赏大家伙儿！”

过了一夜，到了次日，天还没亮，大家想趁凉快起身。杨志呢，偏不让走。一直到了太阳升得高高的，天气热了，杨志才吩咐上路！

这天正是阴历六月初四，天气炎热，按现在的标准，恐怕得发高温黄色预警了。杨志拿着藤条押着众军汉在这烈日下行走，众人热得挥汗如雨，走了二十多里路，来到了黄泥冈，走不动了。这些人就想在柳树荫下歇凉，被杨志“噼哩啪啦”拿着藤条打了一顿，“快走！快走！谁敢歇打死谁！”众人只好求老都管说句话让大伙儿歇歇。

老都管便说:“杨提辖,叫众人歇歇吧,真热得走不动啦。”

“老都管,你不知道。这个地方叫做黄泥冈,正是强盗出没的地方。现在比不得太平的时候。”“哪有那么多强盗呀!你说现在不太平,可犯了割舌的大罪啦。太热了,让大家伙儿歇歇!”

二人正在争执,杨志觉着松林里有人正在那里探头探脑。“不好,有歹人!”杨志拿起朴刀,就冲进松林。这探头探脑的人出来了,鬓边有块朱砂记。

“谁是歹人呀?!我们弟兄七人是从濠州贩枣子上东京去的客人。天气太热,在这黄泥冈歇会儿。”里面又出来六个人。

他们请杨志吃枣,杨志不吃,拎着刀回来了。

众人见是几个卖枣的,觉着是瞎紧张。杨志也松了口,吩咐众人歇歇。他自己也坐下来乘凉。

这时,远处传来歌声:“赤日炎炎似火烧,野田禾稻半枯焦。农夫心内如汤煮,公子王孙把扇摇!”随着歌声由远而近,上来一个挑着两个酒桶的汉子,走到松林里头,放下担子,坐地乘凉。

众军汉一看,就问那汉子道:“你桶里是什么东西?”“啊,白酒。挑到前面村里卖去呢。”

众军汉想凑钱买一桶酒解渴,杨志看见了,又拎着刀过来了:“不许买!谁喝小心鞭子!”

“我们自己凑钱买酒喝,关你什么事啊?又要打人!”

“你们懂什么?这路上有多少好汉,因为喝酒中了里面的蒙汗药丢了性命!”

旁边卖酒的汉子一听，急了：“你这位客官怎么说话呢?谁酒里有蒙汗药?”

松林里面那七个贩枣的客商听见吵嚷都出来了，看见卖酒的，就要买一桶。

“不卖不卖！我这里面有蒙汉药!”那卖酒的还真生气了。

“我们又没说你酒里有药。”

七个贩枣的客商，搬了一桶白酒，打开盖儿。两个人走进林子，一个拿来两个瓢，一个捧了一大捧枣。七个人站在桶边，打开桶盖，轮替换着用瓢舀酒，就着枣喝酒。这七个人边吃边喝边聊，那些军汉在一旁看着，馋得直流口水。一会儿的工夫，一桶酒喝干净了。一个人掏钱给卖酒的，另外一个人呢，偏要饶一瓢。跑到另外一桶酒那儿，揭开桶盖舀了一瓢酒，端起来就喝。卖酒不肯饶他，就想夺那酒瓢。这个客人赶紧手拿半瓢酒，往松林里跑。卖酒的追了几步，另外一个客人从松林里走出来了，手里拿着一个瓢，又到桶里舀了一瓢。卖酒的劈手一把把瓢夺过来，“哗”，把这瓢酒又倒回桶里了，赶紧盖上桶盖儿，嘟囔一句：“太不像话了。去去去!”七个人回到林子去了。

众军汉看了，求老都管找杨志说情。老都管自己也想喝，对杨志说了：“杨提辖，你看那贩枣子的客人已经喝了他一桶，都没事儿。另外一桶他们也喝了一瓢，也都没事儿，就让大伙买了喝吧。”杨志也把刚才一幕看在眼里，既然另外一桶也有人喝过了，应该没事，也就给老都管一个面子，让众军汉买了酒。

卖酒的起初还说着蒙汗药的事，不卖。众军汉一求他，也就卖了。还退给他们一瓢酒钱。卖枣子的把酒瓢借给众军汉，又给他们一些枣子就酒喝。这些军汉非常高兴，最先让老都管和杨提辖喝。老都管喝了，杨志接了，只喝了半瓢。剩下的酒大伙儿分了。喝完了酒，卖酒的哈哈一笑，收了钱，挑着空桶，唱着山歌走了。

这时候，就见这七个贩枣子的客人出来了，站在松树旁边，笑眯眯地看着杨志等人，喊着："倒也！倒也！倒也！"

"哎呀！"杨志等人突然就觉得头晕目眩，头重脚轻！"不好！"杨志知道不好了，想拿刀，手已不听使唤，就听周围"扑通、扑通、扑通"，一个个全都倒地上了。

原来这七个卖枣的客人便是："托塔天王"晁盖、"智多星"吴用、阮氏三雄、"赤发鬼"刘唐、"入云龙"公孙胜。卖酒的便是"白日鼠"白胜。八个人定下的计策，酒是好酒，问题出在那最后一瓢里面。他们在林子里，悄悄将瓢里下好了蒙汗药，假装又舀了一瓢酒，卖酒的假装劈手夺过，倒回酒桶里，这时蒙汗药已经下到桶里了。等到杨志发觉了，为时已晚，自己也晕倒在地。

晁盖等人赶紧把车上的枣子卸下来，把财宝装到独轮车上走了。

博闻馆

白酒和蒸馏酒

我们现在所说的白酒，是指酒精含量较高的烧酒，它属于蒸馏酒类。蒸馏酒是指酒精浓度高于原发酵产物的各种酒精饮料，白兰地、威士忌、朗姆酒和中国的白酒都属于蒸馏酒，大多是度数较高的烈性酒。我国酿制蒸馏酒的方法，一般认为是元代从阿拉伯传入的。也有学者认为，唐末，中国人自己已经掌握了蒸馏酒的酿造技术，因为唐诗中已有“久闻成都溜酒香”的句子。

那白胜卖的白酒又是什么样的酒呢？当时的人怎么会用白酒解渴呢？原来他们喝的白酒，是一种经过简单过滤后的米酒。据《宋史·食货志》里记载，酿造酒分大酒、小酒。小酒不经过蒸煮，酒色发白，类似今天常见的米酒、清酒，也叫生酒或清酒。南宋诗人杨万里《生酒歌》：“生酒清于雪，煮酒赤如血。”生酒颜色“清于雪”，所以叫白酒。这种酒度数不高，大约十几度，和现在的啤酒差不多，所以夏天才可以用来解渴。

私放晁天王

且说杨志一行中了蒙汗药，生辰纲被劫。杨志酒喝得少，最先醒过来。现在他是走投无路了，踉跄着脚步便往黄泥冈下跳。可转念一想，凭他一身的好武艺，不能就这么完了，于是叹了口气，走下冈去。

那老都管和两个虞候，失了生辰纲，就说是杨志勾结盗贼劫了生辰纲。梁中书便通报各州府缉拿杨志。

杨志呢，找了个酒店喝酒，认识了酒馆掌柜“操刀鬼”曹正。一交谈，才知曹正是林冲的徒弟。曹正告诉杨志：“梁山的‘白衣秀士’王伦心胸狭窄，不能容人。离这儿不远的青州地面，有座二龙山，山上有座宝珠寺。庙里的和尚还俗在那儿占山了，大寨主叫做‘金眼虎’邓龙，你可以到那儿入伙。”

杨志受了曹正指点，奔二龙山去了，路上碰见“花和尚”鲁智深。原来鲁智深自从大闹野猪林之后，高俅得知他救了林冲，哪能饶得了他。幸好鲁智深手下那一伙泼皮通风报信，鲁智深这才逃出东京，行走江湖。走到孟州道大树林边有名的十字坡，误入一家黑店，中了蒙汗药，女掌柜“母夜叉”孙二娘就要把他做成人肉包子，幸亏掌柜的“菜园子”张青及时赶到，救了鲁智深，两个人结拜成兄弟。经他们夫妻指点，鲁智深也要到二龙山宝珠寺安身。结果，那个邓龙不收鲁智深，还仗着人多，把鲁智深赶下山来，然后紧闭山门。

鲁智深碰上杨志，把事情一说，二人又联合曹正杀上二龙山，杀了邓龙，占山为王。

太师蔡京接到生辰纲被劫的消息，气了个半死：不让我好好过生日，你们谁也别想好好过。下令济州府尹，立刻捉拿劫取生辰纲的贼人，限期十天捉拿归案！否则，发配沙门海岛！

济州府尹只得把压力往下传，他把三都缉捕使臣何涛给找来了，在何涛脸上刺了三个字“迭配　州”。配和州中间留着空儿，还没写配到什么州呢。告诉何涛：“限你十天把贼寇抓住。否则，在我发配之前，先把你脸上补个地名儿，把你给发配了！”

上哪儿抓贼去呀？何涛正发愁呢，他兄弟何清来了。何涛把经过一说，何清笑了。

“我就是为这事儿来的。”何清从怀里摸出来一个折子，一晃：“这就是那伙贼人的名单。”

“你怎么会有？”

原来，何清好赌，手头缺钱，找他哥借，他哥不给。正好这个时候北门外十五里的安乐村，有个王家客店请他帮忙，让他把住店的客人登记注册。因为官府下了公文，要求店房必须将所有客人资料登记在案。自古至今，这资料工作都很重要啊。何清就在那儿写了半个月的登记簿。

他记得那是六月初三日，有七个贩枣子的客人推着七辆江州独轮车来到店中。这七个人里有一个他还认识，是郓城县东溪村的晁盖晁保正。可是这人却自称姓李，是从濠州来，要贩枣子去东京卖。当时何清也没多问，就按他们说的记下了。第二天，何清又在路上碰到了“白日鼠”白胜，挑着两桶东西。结果，当天，黄泥冈上贩枣子的客人就把生辰纲劫了。何清把这些事儿一联想，就抄了份名单，揣着找他哥来了。

何涛听他兄弟说完，立刻将此事报告给了府尹。府尹闻报大喜，立刻让何涛、何清带着人到白胜家搜查。从床底下搜出一些金银财宝，正是生辰纲里的东西。人赃俱获，他们便把白胜吊起审问。白胜被打得死去活来，最后吃打不过，说出了抢劫生辰纲的头儿，正是郓城县东溪村保正晁盖！白胜被打入死牢。

何涛带领二十多个官差，连同押解生辰纲的那两位虞候，赶奔郓城县，找到郓城县衙门，要一起捉拿晁盖。

何涛一行人星夜兼程来到郓城县。为不惊动人，两个虞候留在客店，何涛只带了两个人，悄悄来到郓城县衙门。此时知县已退了早衙。何涛正坐在对门茶坊里发愁，听伙计说，正走过来的客人便是值班的宋江宋押司。这人矮胖身材，圆脸黑面皮，浓眉大眼，三缕短须。

宋江字公明，是这一方的大户，上有老父亲在堂，下有一个兄弟，叫做“铁扇子”宋清，宋江排行在三，因他是个大孝子，同时有一副侠肝义胆，仗义疏财，所以人们都称他为“孝义黑三郎”。这个宋江一直在郓城县做押司，就是衙门里写文书的职员。宋江是文武全才的人物，结交很多江湖上的英雄好汉，若有人遇到难处，只要到郓城县找宋公明，他一定收留下来，并馈赠金银。他惜老怜贫、济困扶危、替人排忧解难的事迹，在江湖上早已声名远扬，所以人们给他送了个绰号叫做“及时雨”，又叫“呼保义”。

何涛听了伙计说来人就是宋押司，赶紧把宋江请到了茶坊里面，悄悄地把来意告诉宋江。宋江一听说白胜供出的那七个贼人，为首的正是东溪村保正晁盖，宋江心里就“咯噔”了一下子。晁盖是他好朋友哇！没想到今天晁盖犯了惊天大案，这种事情，抓住了是要掉脑袋的！宋江心理素质可是极好的，他虽急得不行，但脸上却不动声色，始终保持着情绪稳定。

他一边盘算着对策，嘴上还一边跟何涛搭着话：“原来是晁盖！这晁盖可是一个奸恶之徒哇。既然知道是他，那得速速领兵过去擒他，别让他跑了。不过，何观察，您的这个公文还得让我家知县先看了，他才能差人去捉拿。”

“是啊！早衙散了，我正为这事儿着急呢。”

“这样吧，何观察，请你们几位在这里略等片刻，我现在就去禀告，我家大人正在后衙睡午觉呢。”宋江是找借口脱身。

“哎呀，那烦劳押司了。”何涛不知道是计，还挺感激的。

宋江又要了一壶好茶，要了些上好的点心，请何涛等人先吃着，让茶坊都记在自己账上。宋江说着，起身出了茶坊。

宋江不紧不慢地走出茶坊。一出门来，便快步奔到衙门里，到后槽牵了一匹马，飞身上马，直奔东溪村。宋江怕时间长了何涛怀疑，一路上快马加鞭，不到半个时辰来到东溪村。

宋江甩镫离鞍下了马。这个时候，晁盖府上的人早已看见宋江来了。因宋江是熟人，几个人便迎上去了：“晁保正今天有客人，请押司暂候片刻，我们回禀一声。”

“快去快去！就说我有急事要见晁保正。”宋江着急了。

此时，晁盖正和吴用、公孙胜、刘唐在后园葡萄架下喝酒呢，手下过来一报：“保正，宋押司来了。”

戴敦邦绘晁盖像

“噢！”晁盖一听立刻警觉起来，“带了多少随从？”

“一个没带，就自己骑着马来的，骑得飞快，大汗淋漓，说要见您。”

晁盖一听，知道事情紧急，跟大伙说：“各位兄弟，暂且坐着别动，我去去就来。”说着话，晁盖出门了。

晁盖出来见到宋江：“哎呀！宋押司，你怎么来啦……”

宋江不等他寒暄，赶紧上去一把拉住晁盖的手，拉到了一边没人的地方。“哎呀，大哥，我可是舍命来救你的。长话短说。我告诉你，你在黄泥冈的事情如今暴露了！白胜已经被抓，关在济州大牢里，供出你们七个人。济州府现在派何涛何观察带着人拿着文书来这里要捉拿你们呢。幸亏撞在我的手里！我骗他说知县睡着了，让这何观察在茶坊里等我，我这才飞马到此报信。大哥，三十六计，走为上策。你快走吧！我一会儿回去，就得要带着何观察面见知县，知县肯定会派人连夜捉你。时间可不能耽搁了！快走！”

晁盖听了这话，感动非常呀，这宋江太够朋友啦，“贤弟，你冒死救我，此大恩大德，我晁盖实在是无以回报！”

宋江着急了：“大哥，你别多说了，赶快走！我也不能耽搁了，得赶快回去。”

晁盖拉着宋江进里屋，给他引见了吴用等人，也把宋江带来的消息简单说了。宋江快马回衙，禀报知县。晁盖等人收拾行囊钱物，准备投梁山泊去。

知县马上让两名都头“美髯公”朱仝（tóng）、“插翅虎”雷横领着何涛、带着官差来到东溪村抓人。朱仝和雷横都不想抓晁盖，尤其是朱仝，和晁盖还有私交。所以二人故意虚张声势、大呼小叫着去抓人。晁盖收拾完东西，在庄内放了火，让公孙胜带人先走，自己断后。

朱仝知道晁盖必从后门走，便带人赶过去，虚挡了几下，放条生路让晁盖过去。趁后面没人，他还悄悄对晁盖说：“你这一去，可投梁山安身。”

晁盖拱手：“救命之恩，异日必报！”

雷横、朱仝回去只说强盗厉害，无法抓住交差。

博闻馆

北宋的官制

自隋唐开始，我国的官制是三省六部制。国家最高政务机构是三省——中书省、门下省、尚书省，分别负责决策、审议和执行国家政务。三省的长官分别是中书令、侍中、尚书令，他们的地位都是宰相。尚书省下设吏、户、礼、兵、刑、工六部，部下设司。部的长官，正职称尚书，副职叫侍郎。五代时期基本沿用唐制，另设枢密院，管理军事，参预大政。

北宋在中书省内设政事堂，简称中书，与枢密院分掌政务、军事，号称“二府”。到了徽宗政和年间（公元 1111—1118），蔡京担任宰相，自称“太师”，中书、门下、尚书三省的事全归他管。他就是本书中所说的蔡太师。

火并梁山泊

宋江通报消息，朱仝虚挡放人，晁盖一干人跑了。府尹时文彬想，那白胜还供出了阮氏兄弟呢，便马上下令，派遣何涛带领五百官兵前去梁山泊石碣村，捉拿阮氏三雄阮小二、阮小五、阮小七。

此时晁盖、吴用、公孙胜和刘唐已经到了石碣村，正在阮小二家和三阮商议投梁山泊的事情。忽听打鱼的人说有官兵进村了，阮小二说："不怕，这里我最熟，我来对付他们。"晁盖让吴用和刘唐带着生辰纲和众人的家眷上船先撤，其他人与官兵决一死战。

山东泰安东平湖梁山泊风景区

何涛一行只能弃马上船，在水上划了不到五六里，一人撑着小船唱着歌来了。有人喊："这就是阮小五!"

何涛把手一挥，“给我放箭!”雕翎箭雨点般射过去，再看阮小五，一个筋斗钻入水中。

众官兵又过了两条港汊，一只小船从芦苇荡里钻出，撑船的便是阮小七。何涛率官军越追，水路越窄，岸上只有一丛丛的芦苇，无路可走。派出去两只船探路，却有去无回。他只得亲自驾船带着几个老兵打探，行了五六里水路，看见岸上有个人，扛着锄头走来。何涛便问：“哎，这是什么地方?”

“这里叫断头沟。”

“你看见两只船来过吗?”

那人说：“你们不是来捉阮小五的吗？他们正在前面林子里厮打。”

何涛一听，赶紧叫两人上去接应。没想到，上去的两人，被那汉子一锄头一个给打下水去。何涛想跑，只觉脚下小船晃荡得厉害，水底钻出一人，捉住他脚脖子一扯，何涛扑通掉下水去。岸上的汉子飞身上船，将老兵一个个打下水去。何涛早被五花大绑托上岸来。

原来水底是阮小七，岸上是阮小二。

剩下的官兵还等着何涛呢，不想两只无人的火船钻进芦苇荡，四周着起火来。那四五十只官船聚在一起，港汊又窄，官兵没有避火之处，大半被淹死烧死。

晁盖饶了何涛的性命，让他回去报个信。晁盖等人离了石碣村，会同吴用、刘唐一齐来到“旱地忽律”朱贵的酒店。吴用和朱贵早有交情，见到朱贵把事情经过一讲，接着说：“我带着晁天王想到梁山入伙，还望你来引荐。”朱贵大喜啊，一面安排酒食款待众人，一面写了好汉们的姓名、入伙缘由，派手下撑船送到梁山泊大寨去。

第二天早晨，晁盖一行上山，“白衣秀士”王伦带着山上的头领杜迁、宋万、林冲降阶相迎。晁盖赶忙施礼，王伦表现得很热情，众人到了大寨聚义厅上，行礼毕，分宾主落座。晁盖等七人在右边一字坐下，王伦等五位头领在左边坐下。宾主对席。王伦吩咐设宴款待众位英雄。

酒席宴间，晁盖把劫取生辰纲、湖里大破官兵的事，从头至尾详细说了。王伦暗暗吃惊，表面上敷衍，心里又打开小算盘了。

王伦举杯频频向晁盖敬酒，只说些客气话，始终不谈怎么安排晁盖一行人的事儿。席间，晁盖不得不把话题给转过来。

晁盖说：“我等取了生辰纲、杀死诸多官兵，如今走投无路，还望王首领和各位首领能够接纳。”王伦听罢，沉默半晌：“啊——好说，好说，来，喝酒，喝酒！”

王伦心想：晁盖这帮人这么大能耐，要到了我的梁山上，还有我王伦的地位吗？但是不答应吧，这么多的人，又打不过。晁盖没有多想，见王伦殷勤招待，口里答应着，便非常感激。酒宴到晚上才散。

王伦给晁盖等人安排好了住处，晁盖谢过王伦，大家分别。晁盖带着吴用六人到了自己的房间。吴用多聪明的人呀，早看出来王伦心胸狭窄，根本没打算收留他们。

吴用说：“哥哥，没看出来吗？那王伦若真心收留咱们，当场就该议定座次才是。”

晁盖忙问："梁山不能安身，咱们该如何是好？"

吴用说："哥哥别急，我看，林冲那人原是京师禁军教头，是见过大世面的。看得出他也是不得已，才坐了第四把交椅。在席间，王伦这么对待哥哥你，林冲的神色之中早已显出不平之气了。大哥，如果说这个王伦明日不收留咱们，小弟我就用言语挑逗他们，让他们山寨自相火并！"晁盖说："那全仗先生妙策了。"当夜，七个人安歇。

第二天，晁盖一行用过早饭，林冲来访。七个人赶紧起身迎接，把林冲让入到客馆里面。晁盖再三谦让林冲上座。林冲则推着晁盖坐了首座，自己就在下首坐定。吴用等六人依次坐下。

吴用引着林冲把上山经过讲述了一遍，便开始了攻心之策："林教头，不是吴用说话过头，这梁山上的众位头领，论武艺、论见识、论人品，这第一把交椅都该是林教头的。您坐第四把，委屈了。怪不得林头领看起来总是郁郁不乐呢。"

林冲一摆手："并不是因为这个。我林冲不是个斤斤计较的人。只是不知道以后能不能和诸位英雄在梁山同聚，因此有些烦恼。王伦气量狭窄，口不应心，未必收留你们呀。"

吴用一听，面带愁容："哎呀！如此说来，既然王头领有这样的想法，晁大哥，我看咱们也别在梁山让他为难了，还是赶紧投奔他处去吧？"

林冲起身拱手："各位好汉放心，我林冲自有分晓。今日山寨幸得众豪杰相助，有如锦上添花，旱苗得雨。我怕就怕诸位中了王伦的奸计，萌生退意。所以才一早到此来告知大家。今天若王伦通情达理，把大家留下来，万事作罢；倘若这厮不能相容，一切包在我林冲身上！”

晁盖直性子，冲林冲一抱拳：“多谢头领如此错爱。”

吴用假意说：“头领别为了我们弟兄，跟旧弟兄伤了和气。要是王头领能容得下我们，我们就呆在这里，容不下，我们只好告辞了。”

林冲忙说：“且慢！古人云：惺惺惜惺惺，好汉惜好汉。众位请宽心。”

林冲告辞走了。吴用对晁盖等人说：“林冲有火并王伦之意了。”

不一会儿，一名小喽啰奉王伦之命请晁盖一行到山南水寨亭上赴宴。吴用让众人暗藏兵器，以手捻须为号，一齐上！主意拿定了，众人各自暗藏了兵器，一同前来赴宴。

王伦和杜迁、宋万、林冲、朱贵坐在左边主位上，晁盖与六个好汉吴用、公孙胜、刘唐、三阮兄弟坐在右边客席上。酒席也吃得差不多了，四个小喽啰一人捧了一个大盘子，里面放着五锭银子，上来了。

王伦起身冲着晁盖一抱拳：“敝山寨太小，实在容不下这么多英雄，烦请各位再投大寨，别误了前程。小可备了些薄礼，还请各位笑纳。”他也不想想，这还不够买生辰纲的一颗珠子呢。

晁盖一看，起身抱拳：“在下是久闻梁山招贤纳士，特来投奔；既然王首领不能相容，我等自行告退。所赐白金，决不敢领。告辞了！”说着，晁盖一拱手，带着大家就走。

林冲双眉竖起，两眼圆睁，拍案而起：“王伦！我上山的时候，你也是用这些话搪塞！你没有容人的雅量，如何能成大事?”

这吴用又假装和稀泥：“头领息怒，都是我们来的不是，倒坏了你们山寨兄弟的情分。”

王伦见林冲当众犯上，喝道：“林冲！你喝醉了，还有没有规矩?”

林冲一指王伦：“你个落地腐儒，要文没文，要武没武，如何做得寨主!”

吴用又说：“晁哥哥，都是咱们不好，还是赶紧走吧!”他光说，脚没动地方。

王伦还不明白呢：“忙什么，等酒席完了再走吧。”

林冲飞起一脚，“咚”，把桌子踢翻了。接着从衣襟底下掣出来一把解腕尖刀，冲着王伦就过去了。王伦一看，想跑。

吴用手一摸胡子。晁盖、刘唐、公孙胜赶紧过来拦住王伦，假装劝架：“都是我们不好，不要火并!”阮小二拦住杜迁，阮小五拦住宋万，阮小七拦住了朱贵。

此时，林冲一把揪住王伦：“王伦！这梁山泊又不是你一个人的，你嫉贤妒能，留你何用!”王伦的心腹喽啰，见林冲如此凶猛，早吓得目瞪口呆。

林冲一刀下去，结果了王伦的性命，接着割下首级。杜迁、宋万、朱贵都跪下说道：“愿为哥哥执鞭坠镫!”

林冲扶起三人，对众人说：“我林冲并非想图谋大位，只因王伦心胸狭窄，难成大事，因此火并。晁盖仗义疏财，智勇双全，应为山寨之主。”林冲推晁盖坐了第一把交椅。

吴用、公孙胜、林冲、刘唐、三阮、杜迁、宋万、朱贵依次坐定。晁盖宣布吴用为军师，公孙胜同掌兵权，林冲等共管山寨。

博闻馆

交 椅

梁山泊英雄所坐的交椅是什么呢？交椅也叫“胡床”“交床”“绳床”，是一种可以折叠的轻便坐椅。它是从西域引进的，所以叫胡床。记载东汉、魏晋时期名人轶事的《世说新语》里面，已经提到了胡床这样的外来事物：

“王子猷出都，尚在渚下。旧闻桓子野善吹笛，而不相识。遇桓于岸上过，王在船中，客有识之者云：‘是桓子野。’王便令人与相闻云：‘闻君善吹笛，试为我一奏。’桓时已贵显，素闻王名，即便回下车，踞胡床，为作三调。弄毕，便上车去。客主不交一言。”

这个故事是说：王羲之的儿子王子猷和善于吹奏笛子的桓子野不认识。一天，王子猷在船上，遇到桓子野从岸上经过。便命人告诉桓子野：“听说你笛子吹得好，请为我吹一曲吧。”当时桓子野地位已经很显贵，他也听说过王子猷的名字。于是桓便下了车，随便地坐在胡床上，吹奏了三首曲子。吹完便登车而去，双方都没说一句话。这便是东晋的名士风度、名士范儿。

而在《水浒传》中，交椅这种有着久远历史的器物，成了等级地位的象征物。

怒杀阎婆惜

且说何涛逃命回去，济州府尹又差团练使黄安带领一千多官兵，驾大小船四五百只，分两路来攻打梁山。晁盖闻报，同军师商议。梁山准备充分，一战成功。官军全军覆没，团练使黄安被生擒活捉。自此，梁山泊声威大震，日益兴旺。

晁盖就想了：这多亏了宋江宋押司及时通报消息，否则我们弟兄早已命丧黄泉了，怎会有今天？于是，晁盖就派遣“赤发鬼”刘唐带着晁盖的亲笔书信和一百两马蹄金到郓城县来见宋江。

宋江看完了信，放进了自己的招文袋。金子宋江不收，又和刘唐推托不过，只拿了一锭意思意思。送走刘唐，宋江回了衙门。

宋江没有成家，只有一房外室，名叫阎婆惜。这外室是这么来的。

有一天，一个王媒婆带着一对母女找到了宋江，说：“这对母女是从东京来投亲的，投亲不遇，丈夫阎公病死在这里了，阎婆没钱给丈夫下葬，所以，我带着她们俩找到宋押司帮忙来了！”宋江是济困扶危的热心肠，当时就给了阎婆十两银子，让她安葬丈夫。这母女俩对宋江自然感激不尽。

后来这个阎婆子打听出宋江并没有家室，就央求王媒婆从中说合，把自己十八岁的女儿阎婆惜嫁给了宋江。宋江起初觉得岁数不合适，但是架不住媒婆的三寸不烂舌，两行灵俐齿，就答应了。之后，宋江在县城租了一栋房子，就和阎婆惜母女俩住着。

粤剧《宋江怒杀阎婆惜》剧照

不出半月，宋江便把婆惜打扮得满头珠翠，遍身金玉，母女二人丰衣足食。只是这宋江整天就忙着交朋友、舞刀弄棒，不大会讨女孩子欢心；同时又忙于公务，不常回家，让阎婆惜独守空房。家庭危机开始出现了。这时候，宋江手下有个后司贴书，也就是秘书一类吧，叫张文远，乘虚而入了。这张文远外号“白脸儿小张三”，眉清目秀，风流倜傥，还会吹拉弹唱，颇有情趣。而且他经常出入勾栏妓院，很有哄女孩子的经验。张文远和阎婆惜很快便到了干柴烈火的程度。

婆惜对宋江的心渐渐冷淡起来，宋江听到了些风声，但他到底是个宽宏大度的英雄，心说：又不是明媒正娶的妻室，没必要惹气。所以，宋江自从知道这件事情后，基本上不回家了，直接住衙门里了。

所以，今天宋江送走了刘唐，转身往县衙里走。只听后面一个人说："押司啊，让我老婆子好找呀！怎么这么多天不回家啊？是婆惜得罪您了？您别跟那妮子一般见识，她年纪还小，还得押司多多调教。押司啊，您看，今天八月十五，怎么着您也得回家团圆团圆啊。"原来是阎婆来找他了。阎婆心里盘算：我娘儿俩下半辈子还得靠他呢，今儿怎么也得把他拽回去。

"啊，我今天县里事务繁忙，脱不开身，改日吧。"宋江赶紧推托。

"外人的闲话可不能信，婆惜要是有什么过错，都在老身身上。押司今儿得跟我回家去。"阎婆子死拉活拽，把宋江给拽家去了。

进了楼，阎婆子把宋江给按到凳子上，冲着楼上就喊："婆惜，你的三郎来啦！"阎婆惜在楼上正没意思呢，一听这个话，她误会了，还以为是"白脸小张三"来了呢。赶紧跑出来，娇嗔地骂道："你这个短命鬼，等得我好苦啊……"她一边骂一边往楼下跑，跑到半截一看，是"黑三郎"宋江！"哼！"婆惜瞪了他一眼，转身又回房了。

阎婆子赶紧拉着宋江上了楼。进了屋一看，阎婆惜倒在床上，脸冲着里面，一动不动。阎婆子赶紧过来叫："婆惜，快起来。押司来啦！就是你上次言语冲撞了押司，恼得押司不上门了。你呢，平常一个人在家又想押司，这是何苦……"

婆惜把她母亲的手扒拉开来了，说："我又没做什么歹事！他自己不上门，怪谁呀？"宋江在旁边听着，也不作声。

阎婆子一边赔着笑，好说歹说，大家才坐下来吃酒。宋江也勉强喝了几杯，阎婆子起身，把门反带上走了，把宋江和婆惜单独留下。可是两人各怀心事，谁都不言语。宋江有心想走，可是天太晚了，又喝了几杯酒，有些困，就想在这里休息一夜。宋江把外衣脱了，搭在椅子上；身上还有一把刀和招文袋，挂在床边栏杆上；脱了丝鞋净袜，然后上床，与阎婆惜脚对头背靠背躺下。

阎婆惜躺那儿还不住地冷笑，宋江也不搭理她，躺在那儿好容易挨到五更天，宋江起来上衙门里去！穿带洗漱完了，宋江下楼出门。

宋江走到街上，卖早点的王老汉见了他，叫住："押司，喝碗热汤再走吧。"

宋江坐下，忽然想起来，答应过王老汉要赠给他一副棺材钱，正好昨天拿了晁盖的一锭金子，便说："王老爹！我原来不是曾许给您一具棺材钱么？正好，今天我带钱了。"宋江说着就去掏招文袋，坏了！早晨心里生气，招文袋挂在床头栏杆上，忘摘下来了。里面的钱是小事儿，里面晁盖那封书信可是大事儿。要是让人看见了，是要掉脑袋的。

想到这儿，宋江挺不好意思地冲着王老汉一抱拳："王老爹，真不好意思，钱袋子忘在家里了，我马上给您取来。"王老汉一听："哎呀，宋押司，没事儿，您坐着，接着喝！"宋江转身已经走了。"哎呀！宋押司，真是好人啊……"

再说阎婆惜，宋江前脚一走，她就抬眼看见了招文袋，打开一看，哟！里面黄澄澄的一锭马蹄金！还有一封书信，打开一看："哎哟！宋江，原来你和梁山贼寇私通呀！他们送了你一百两金子。哼，看我怎么收拾你。"她正看着呢，宋江回来了，她便倒头装睡。

宋江找不着招文袋，只好求婆惜："大姐，把袋子还给我吧。"

"什么袋子？没看见。"

"不要开玩笑了，定是你拿了。"

阎婆惜听了，翻身起来，柳眉倒竖，杏眼圆睁说："我拿了，怎么了？你害怕了？哦……我明白，你怕我把你和梁山劫匪私通的事情说出去，对不对？"

"哎呀！你小点声！"宋江怕人听见，直央告。

"怕人听见，你别干呀！你想要回去可以，需要答应我三件事。"

"别说三件事，便是三十件事也答应你！"

"你听清楚了！这第一件事，你今天写一纸契约，任我改嫁'张三'张文远，承诺从此不来争执。"

"好！我答应。"宋江是早不想留她了。

"嗯，第二件事，我头上带的、身上穿的、家里用的，虽然都是你买的，但也要写一纸文书，说都给我了，以后不许你来讨要！"

"好！我答应。"宋江也不把这些东西放在眼里。

"这第三件，书信上写得清楚，说梁山泊晁盖送给你了一百两金子，你都给我拿来。答应这个，我就把这个招文袋还给你！"

“这一百两金子我没要呀，我就拿了他一锭十两的金子。如果我有，一定给你。”

“呸！谁信呀？你们公家人，哪个不是见钱眼开！”

宋江说：“这样吧，你限我三天时间，我把家私变卖了，凑一百两金子给你，怎么样？你赶快还了我的招文袋吧！”

阎婆惜冷笑：“你骗谁呀？现在就给！一手交钱，一手交货！”

“我这里真的没这金子！”

“咱上公堂去，看你有没有！”阎婆惜如此无赖，宋江急了，扯着被子就想翻出招文袋。

阎婆惜抱着招文袋贴在胸口不撒手。宋江没命地夺，阎婆惜死也不放。二人抢着，撞着栏杆上挂着的刀。宋江一把把刀拽出鞘来，“你给不给？”

阎婆惜一看宋江拿着刀，扯着嗓子就喊了：“‘黑三郎’杀人啦！……”

她这一喊，倒提醒了宋江，手起刀落，杀了阎婆惜。宋江取过招文袋，把晁盖的信烧了。阎婆听见动静上来，见女儿被杀，害怕宋江再把她杀了，便假意说只要宋江答应给她养老，她便不说出去。宋江应允，阎婆又假意拉着宋江给女儿上街买棺材。待上街路过衙门口，她便叫喊：“宋江杀人啦。”幸好宋江平时为人厚道，没人信她的话，宋江才趁势逃脱。

博闻馆

“押司”是什么官?

我国古代的官职分为“官”和“吏”两大类。“官”是由国家选拔后，由吏部任命的官员，要通过科举考试、或祖荫、或高官推荐才能当，干得好还可以升职。而“吏”属于地方政府雇佣人员，没上升空间，“吏”永远无法晋升为官。“官”的俸禄是朝廷下发的，“吏”的俸禄是县令自己支付的。朝廷有规定，县令可以在每年的税收中留下一部分用于行政资金，“吏”的薪水也是由这里出的。

宋代的“押司”属于“吏”，在州和县政府中都有“押司”一职，主要是招募来的。每个县大约有八名“押司”，“押司”主要是征收税赋或者处理狱讼公文，是州县政府的基层吏员。宋代的“押司”在级别上相当于县一级的官员，但实权上与乡镇干部差不多，相当于乡镇政府的秘书。“吏”的任务是用自己的专业知识来为自己的顶头上司服务。宋江这个“押司”，便是其中一员。

打虎景阳冈

宋江杀了阎婆惜，脱身跑了。他犯的人命案呀，郓城县尹便差了朱仝、雷横两个都头到宋江家里抓人。朱仝和宋江要好，便让雷横把住门，自己进去搜。他知道宋江家有个地窖，便在地窖内找到宋江，把官司的详情告诉了宋江，劝他快走。

朱仝出来，见着雷横，说："宋江真的不在，要不把他父亲宋太公带回去吧。"雷横知道他和宋江要好，便做了顺水人情，也不带宋江的父亲了，二人回去就说宋江不在家，他父亲宋太公卧病在床，都无法归案。

宋江告别老父亲，由他兄弟"铁扇子"宋清陪着，跑到"小旋风"柴进家里来了。柴进见了宋江兄弟大喜，赶紧让到正厅，分宾主落座。宋江说："久闻柴大官人的美名。如今我无处安身，想起大官人仗义疏财，特来投奔。"

柴进说："兄长放心住着，不是柴进夸口，就是捕盗的官军，对我的小庄也要礼让三分。"当即设宴招待宋江兄弟。

酒席宴间，宋江出去净手回来，见廊上坐着一名大汉。这大汉因害疟疾打摆子，正弄了一铁锨炭火在烤火呢。宋江因多喝了几杯，脚步不稳，一脚踩在铁锨把上，把火炭灰弄了那大汉一脸。

那大汉跳起来劈胸揪住宋江："你是什么鸟人？敢来消遣我！"前面给宋江引路的人赶忙劝解："不得无礼，他是大官人最敬重的客官。”

“客官，客官，我刚来时也是客官，如今他却听手下的挑拨，疏慢了我，‘人无千日好，花无百日红’。”那大汉说着，挥拳就要打宋江。

柴进听见吵嚷，忙过来说：“这位就是你常提起的‘及时雨’宋公明。”那大汉一听，纳头便拜，说道：“原来你就是‘及时雨’宋公明！小人有眼不识泰山，还望恕罪！”宋江忙把他扶起来。

柴进忙介绍说：“这位是武松武二郎，来这里已一年多了。”

宋江连忙拱手说：“江湖上久闻武二郎的名字，没想到在这儿相遇，幸会幸会。”

宋江十分高兴，便请武松一起入席叙话。灯下再看武松，只见他身材高大，相貌堂堂，两道浓眉，目光炯炯，英气逼人。

宋江越看武松越喜欢，就问武松：“贤弟怎么到这儿的？”武松说：“唉，一年前，小弟在清河县时，吃了酒打死了一个官差，怕吃官司，跑来投奔柴大官人。后来听说那人没死，所以我打算回去了，因为家中还有个哥哥。正打算这几天走呢，不想害了疟疾。刚才被大哥弄了一脸炭灰，出了一身汗，倒觉得好了。”

宋江跟武松一见如故，就叫他晚两天再走。当晚，宋江就留武松在西轩一同睡下。第二天，宋江拿出银子，要给武松做衣服，柴进哪里肯，就叫人抬来一箱绸缎，给二人量体裁衣。武松初来柴进庄上，柴进待他跟宋江一样，可是武松脾气不好，喝了酒，手下有照顾不到的时候，他就打人家。所以手下就在柴进面前说他的坏话，柴进渐渐对他就怠慢了。

幸好宋江来了，让柴进又重新认识了武松。过了十来天，武松告辞要回家看哥哥。宋江、柴进苦留不住，只好作别。柴进给了他一些银子做盘缠，宋江亲自送出十多里，还舍不得回去。武松说了："哥哥若不嫌弃，请受小弟四拜，你我从此结为异姓兄弟。"宋江受了武松四拜，跟武松结为兄弟。宋江又拿出十两的一大锭银子，赠予武松。二人洒泪而别。

武松思归心切，一路风风火火往清河县赶。这天，就来到阳谷县地面。正午时分，武松饿了，抬头正看见前面有家酒店，挑着一面招旗，旗上写着五个字："三碗不过冈"。

武松迈步走进店内，坐下来叫："拿酒来！"

店主人赶紧摆上碗筷，斟满一碗酒。武松端起碗来一饮而尽，又要了一大盘子牛肉。武松就着牛肉又干了一碗酒。"啊——好酒！再来！"喝完第三碗，店家不给倒了。武松觉着奇怪："怎么不倒酒啦？"店家说了："客官，你没看见我家门前招旗上写着'三碗不过冈'么？只要是客人到我店中喝了三碗酒的，他就醉了，就过不去前面的山冈了，所以才叫'三碗不过冈'。"

"我喝了三碗，怎么不醉？"

"客官，我们这个酒叫做'透瓶香'，又叫'出门倒'，初入口时，醇香好喝，但后劲儿大，您现在不醉，一会儿就不行了！"

武松一听一瞪眼："怕我没钱给你不成？再倒三碗！"

店家又倒了三碗酒，武松"咕咚咕咚"喝完了，叫："再来三碗！"

店家又倒了三碗，"再切两斤牛肉！"

店家又给切了牛肉。这么说吧，武松一共喝了十八碗酒，喝完了酒，算了酒钱，武松起身拿了哨棒，往外就走。店家又把他拦住了："客官，您上哪儿去？"

"过景阳冈啊。"

"哎呀，过不得！你看官府的榜文。前面景阳冈上有只吊睛白额猛虎，晚上出来伤人，前前后后三十多人命丧虎口！官府正组织猎户抓捕。您在这儿住下来，等明天凑足了二三十人，一齐结伴过冈吧。

武松一听："你别吓人啦！你想留我住店，半夜三更谋财害命不成？"

"你不相信是吧？那就请便！真是好心没好报。"店家不拦他了。

武松提着哨棒，出了酒店，直奔景阳冈。约莫走了四五里地，前面一棵刮了皮的大树，上面写着：近因景阳冈大虫伤人，凡有过往客商，只可在巳午未三个时辰结伴过冈。也就是上午九点到下午三点这段时间。武松看了，仍旧以为是店家做的虚假广告，不择手段哄骗人家住店的。

此时太阳已经落山了，武松的酒劲儿上来了。再继续走，看见前面庙门上，贴着一张官府的榜文，说是冈上有只大虫，责令猎户限期抓捕。还盖着阳谷县大印。武松一看，这才相信冈上果然有猛虎。可是，若折回去，不被这个店家耻笑么？不就是只老虎么，我怕什么呀？武松壮了壮胆子，继续往前走。

再走，这酒劲儿真上来了。武松翻身躺到一块青石上，迷迷糊糊刚想睡，忽然听见风声，风中还带着一股腥臊之气。这阵风过后，乱树背后“扑”的一声响，跳出了一只吊睛白额斑斓猛虎，咆哮一声，把武松惊醒了。他一骨碌身，从青石上翻下来，伸手就把那条哨棒握在手中，这一惊，酒早醒了。

河北清河武松公园内“武松打虎”雕塑

武松见老虎扑过来了，赶紧身形一闪，“唰”，闪在了老虎背后。老虎前爪搭在地下，把腰胯一掀，武松又一闪身，老虎没掀着。

老虎就把自己铁棒一般的虎尾倒竖起来，“啪”，奔着武松就是一剪，武松身形快，脚尖点地，“噌”，纵身一跳，老虎这一尾巴也没抽上。

这老虎伤人，就在一扑、一掀、一剪之间，三下没伤着人，它的气势就减了一半。

老虎再次向武松扑过来，武松双手抡起哨棒，用尽平生气力，不想打在了树枝上，“喀嚓”，哨棒断成两截。

武松一看棍子折了，心想：糟糕，早知如此，我出来的时候带口朴刀呀。赶紧闪身，脚尖一蹬地，“噌”一下往后跳出十步多远，老虎又扑空了。

武松把半截哨棒一扔，两只手就势把老虎头顶的皮给揪住了，浑身一叫劲，“嗨!”把老虎的脑袋给按住了。

老虎挣扎着要起来，武松把平生之力都贯到双臂之上，使劲按住虎头。同时他脚也没闲着，照着老虎面门、眼睛里一顿乱踢。武松那脚法，少林寺学出来的！老虎疼得惨叫，爪子乱刨，把面前的地皮都刨出一坑。它也不想想，这一刨，自己的脑袋就陷得更深了。武松用左手紧紧地揪住老虎头皮，往下按着，腾出右手来，高高举起，铁锤一样的拳头，雨点般砸下去。足足打了六七十拳，再看那老虎眼里、嘴里、鼻子里、耳朵里，都迸出鲜血来了，武松又用棒撅打了一回，眼见老虎没气了，方才丢了棒。

武松也累了，在青石上坐了一会儿，一想，天已黑了，再来一只大虫，我可没劲儿再打了，就接着往前走。走不到半里，只见前面又有两只老虎。武松正在吃惊，这两只老虎竟站起来了。原来是披着虎皮的两个猎户，猎户们正结伴打算捕虎呢。武松告诉他们：“别忙了，我把老虎打死了。”起初猎户们都不信，武松给他们看身上溅的血，又带他们找到了那只死虎。

这下，武松成了打虎英雄，阳谷县的知县拿出赏钱一千贯给武松，武松不受，把钱分给了一直为捕虎辛苦的本地猎户。

博闻馆

炊饼和避讳

武松的故事中，我们说他哥哥武大郎是卖炊饼的。那么，炊饼是什么样的食物呢？其实炊饼不是饼，而是馒头。最初叫蒸饼，后来，宋仁宗赵祯即位，因“蒸”与“祯”音近，当时人避讳说皇帝的名字，所以把蒸饼改叫炊饼。

那避讳又是怎么回事呢？

中国古代为回避君父尊亲的名字，在言谈和书写时，遇到君父长辈的名字一律要回避，否则被认为极不礼貌。这就是避讳。取名时也不能取他们名字中已有的字或同音的字。

在古代，避讳被明文写进了法律。唐朝的法律规定，直呼皇帝的名字犯“大不敬”罪，不能赦免。

每当遇到相同或音近的字时，或改字、缺笔，或空字。

南宋诗人陆游《老学庵笔记》第五卷讲了这样一个掌故。说有个叫田登的人当了州官，把与“登”同音的字都当成忌讳。若有人触犯了，就会遭鞭刑。于是整个州的人都只好把“灯”称为“火”。元宵节放灯时，他的秘书只好在大街上贴出如此告示：“本州岛按规定放火三天。”因此“只许州官放火，不许百姓点灯”这句话就传开了。

斗杀西门庆

在阳谷县，武松成了打虎英雄，知县就任命他为都头。过了几天，他正在街上闲走，忽听有人喊："兄弟，快回家坐吧，可想死我了。"

这人正是武松的大哥武大郎。武松忙上前拜见，接着又问："哥哥不是在清河县吗？怎么到阳谷来了？"原来这武大郎和他兄弟武松，虽然是一母同胞，但差距很大。武松高大威猛，性格刚烈，武大郎却是五短身材，憨厚懦弱，所以常受人欺负。清河县有个大户，家里有个丫环叫潘金莲，长得十分标致。这家大户要纳潘金莲为妾，潘金莲死活不肯，那富户一生气，就倒赔嫁妆，把她嫁给了卖炊饼的武大郎。

潘金莲年轻漂亮，武大郎矮小丑陋。所以，当地的小地痞们产生了羡慕嫉妒恨，时不时地上门捣乱，叫骂什么：一朵鲜花插在了牛粪上。武大郎受不了骚扰，就把家搬到阳谷县来了。

武大郎把经过跟兄弟说了，武松就帮他哥哥挑着炊饼担子，随武大郎回家去。走到一家茶馆的隔壁，武大郎叫了声开门，果然一妇人开了门。

武大郎说："俺兄弟来了，景阳冈打死老虎、新近做了都头的就是他。"

武大郎给武松介绍了嫂嫂潘金莲，又介绍了隔壁开茶馆的王婆子王干娘给武松认识。潘金莲没想到打虎的壮士就是武大郎的弟弟，赶紧请武松到楼上叙话。两口子备了些酒菜，请武松喝酒，又让武松搬到家里来住。武松就把行李搬过来，和兄嫂一起住下。

从此，武松白天上班，晚上回家休息，一家人处得非常和睦。潘金莲见武松一表人材，和自己的夫婿一对比，不免心生爱慕。终于有一天，武大郎外出卖炊饼未归，武松先回来了，潘金莲就给武松准备了一桌酒菜，陪着武松一块儿喝酒。席间她就借着酒劲儿挑逗武松。武松是英雄人物呀，怎么能干这种苟且之事呢？他厉声喝斥了潘金莲，转身出了家门。从此搬出哥哥家，又住到县衙里去了。

又过了十多天，武松要到外地出趟公差，临走叮嘱哥哥，以后要晚出早归，免生事非，自己最多两个月就回来。大郎便依言行事。

有一天，潘金莲在楼上挂帘子，不小心横杆掉下去了，正掉在一个过路男子的头上。那人刚想骂人，抬头一看，见是个美女，马上改口："不妨事，小娘子不必介意。"

这男子便是开生药铺的大户西门庆，本地的一个恶霸，还会些拳脚功夫。今天看见潘金莲，就动了心思，想打她的主意。于是西门庆给隔壁的王婆子又送礼又使银子，王婆收了钱，就替他办事，请潘金莲到家来吃酒，又把西门庆也请来，再借故出去，安排潘金莲和西门庆单独在一起。潘金莲最终被西门庆勾搭上了。

武大郎一直蒙在鼓里，事有凑巧，卖梨的小孩乔郓哥和王婆起了争执，郓哥一气之下告诉了武大郎他娘子的苟且之事。武大郎气愤之下，让乔郓哥带着他去捉奸。从屋外把奸夫淫妇二人堵了个正着。

西门庆正急得没处躲藏，潘金莲却冷笑说："还说你会拳脚呢，见个纸老虎都怕！"

西门庆一听，拽开门，"当"的一脚，踢在武大郎心口上，武大郎受了内伤。西门庆怕武松回来饶不了他，于是和潘金莲、王婆子共谋害死武大郎，由潘金莲来执行。她便在武大郎的药碗里下了砒霜，硬给武大郎灌下去，然后用被子将武大郎一蒙，又把整个身子压上去，不让他挣扎。就这样，老实巴交的武大郎被这几个恶人给害死了。为了避免武松回来算账，他们又火化了武大郎的尸体。

一转眼两个月过去了，武松出公差回来，到哥哥家一看，门上贴着白纸，堂上供着灵位，哥哥已经死了！武松和哥哥的感情很深，非常悲痛。

武松走时，哥哥还好好的，他不免心生疑窦，就问潘金莲："我哥哥怎么死的？"

潘金莲瞎话早都编好了，说是武大郎心疼病发作，服药无效，死了！她一个小女子，无处寻坟地去，只好烧化了。武松听了一琢磨：我哥哥从来没有过什么心疼病！而且这么快火化了尸体，里面一定有鬼！

武松开始向街坊四邻调查他哥哥的死因，先问了乔郓哥，乔郓哥把事情说了。武松又找到负责火化武大郎尸体的何九叔。当时西门庆给了何九叔两锭银子，不让他验尸。何九叔不敢不收，但他还是保留了武大郎的两块被毒黑了的骨头做证据。见到武松，他就把这些证据拿出来。

武松知道了真相，马上带着乔郓哥、何九叔就找到了知县告西门庆、潘金莲。武松是个好公民，先走法律程序。可是西门庆有钱，他暗中使了银子。知县接到报案，推托说乔郓哥年纪太小不能作证，何九叔证据不足，不予立案。

武松没办法，只好自己讨说法了。他马上请来了左邻右舍到自己家喝酒，名义是酬谢大家为哥哥发丧出殡，把王婆、潘金莲也叫上了。

武松要自己审这个案子，让邻居给他做证人，又找了个能写字的录口供，在武大郎灵桌之前审问潘金莲、王婆。武松拔出刀在手，王婆、潘金莲对自己的罪行供认不讳。武松一把揪住潘金莲，“噗”一刀，捅死了，把她的心掏出来，供在武大郎的灵前。王婆子一看，“妈呀!”一声趴那儿了。武松没杀她，把她交给手下的官差捆了。武松把潘金莲的人头砍下，拽了个包袱皮儿，把人头一裹，往腰带上一系，挎上腰刀，给大家一拱手：“众位高邻，请大家稍等片刻，等俺武松杀了那西门庆，祭了俺大哥，众位再走!”“咣当”，把门关上了。

再说武松离开家，直接来到西门庆的生药铺。一问，西门庆不在。去哪儿了？和几个客人去狮子大酒楼喝酒去了。武松迈大步直奔狮子楼。武松进了楼，打听好了西门庆在楼上包间里呢，便来到包间门口，西门庆一群正喝得高兴。

武松认出里面白净面皮的就是西门庆，一抬手，就把潘金莲的人头扔了过去。“啪”，正落在西门庆的酒桌之上。一个客人正伸筷子呢，一见人头，连人带椅子就“咣当”倒下去了。其余几个客人并两个歌女捂着脑袋赶紧跑了。

西门庆认得是武松，情知不妙，一抬腿，把桌子朝武松踢过去。哪知武松身法更快，闪身一回脚，还没等桌子上的东西往下落呢，连桌子带菜又奔西门庆飞过去了。西门庆吓得赶紧一闪身让过，还是慢了一步，桌上菜汤洒身上了。

西门庆刚刚躲开桌子，武松便拔刀奔西门庆劈过去。西门庆也是练武出身，一看刀来了，一抬腿，一脚正踢在武松手腕子上。武松没有料到西门庆脚法如此敏捷，手一松，刀飞出去了。

现在武松和西门庆都是赤手空拳了，西门庆见武松刀飞了，先发招，左手拳照着武松心窝打来。武松闪身躲过，顺势伸手一抓，西门庆没站稳，连臂带肩膀给抓住了。一哈腰，武松又把西门庆的左脚给抓住了，一挺身，一叫劲，“嗨”，把西门庆给举起来了，照着窗户往外一顺，把西门庆扔出窗外。武松身法太快了，西门庆没来得及变招，人已经下去了。

这狮子楼有三层，一摔下去，当时西门庆就口吐鲜血，不能动弹了，估计是什么地方粉碎性骨折了。在楼下看热闹的人吓得四散奔逃。

与此同时，武松攀上窗户，一顺身子也从楼上跳了下来。找到掉在楼下的那把钢刀，转回身一脚踩在西门庆的胸口，把钢刀往空中一扬，西门庆的脑袋掉下来了。

武松拿着两颗人头祭奠了大哥，便让邻里作证，押着王婆去衙门自首。知县念武松是个有血性的义士，从轻发落。王婆被判了个凌迟，给剐了！武松被判脊杖四十，发配孟州牢城。那些官差也佩服武松是条汉子，脊杖打得也不重。

两个官差押解着武松走了二十来天，一路上对他还挺照顾。到了十字坡，投店住宿，女掌柜的名叫“母夜叉”孙二娘，要用蒙汗药酒迷倒武松等人，然后做成人肉包子。武松发现酒不对，故意假装被迷倒，等孙二娘来扛他。就在武松要对孙二娘发力之时，店掌柜回来了，赶紧拦住。原来这两个人是赫赫有名的夫妻搭档，男的便是“菜园子”张青。三个人一见如故，武松和张青结拜成了兄弟，在这儿住了三天，然后洒泪分别。

博闻馆

缠足和“三寸金莲”

缠足是中国古代的一种陋习，就是把女子的双脚用布帛缠裹起来，使它们变成为又小又尖的“三寸金莲”。“三寸金莲”也一度成为中国古代女子审美的一个重要条件。那么古代妇女缠足是什么时候开始的，缠过的小脚为什么叫“金莲”呢？

关于缠足的起源，说法不一。有说始于隋朝，有说始于唐朝，还有说始于五代。不论始于何时，最初缠足的妇女多为当时知名的女艺人或妓女。女人缠足之后，行路不稳，如风拂柳，媚态横生，风情万种，容易讨得男性的喜欢。

至于小脚为什么叫“金莲”，很多人认为，始于南朝齐的皇帝萧宝卷的潘妃。萧宝卷为了展示美人潘妃的风姿，大修宫殿，还命令工匠用金箔剪成莲花的形状，一朵一朵地贴在地板上，再让他心爱的潘妃赤着脚，袅袅婷婷地踩在金莲花上行走。萧宝卷看着美人轻盈的体态，不禁赞叹道：这真是“步步生莲花”呀！然而萧宝卷残忍凶暴，嗜杀成性，挥金如土，最终被太监杀死。

《水浒传》的作者为什么给他笔下的人物取名“潘金莲”，也许是受了潘妃“步步生莲花”典故的影响吧。

醉打“蒋门神”

武松一行没走多长时间，就来到孟州，武松被带进牢城营。

牢城营里是有潜规则的，武松知道，可是偏不理那一套。差拨找武松索要银子，武松把眼一瞪：“半文没有！倒有一双打虎的拳头！”

“好！你等着！”差拨见势不对，跑了。

狱友们悄悄告诉他：“坏了，他回头非害你不可！你得小心。”

武松一笑：“不怕！”

正说话呢，三四个差拨过来了：“武松在哪里？”

武松说：“干什么？”

“见管营老爷去！”

“见就见！”

见了管营，武松等着他对自己大刑伺候呢。却见管营身边站着个小伙子，中等身材，二十四五岁，白净面皮，胳膊用白布吊在胸前，看来是骨折了。这小伙子在管营耳朵边嘀咕了几句，管营把手一摆：“武松！你一路上害病了，本来要打你一百杀威棒。今天就免了！给他个单间，押下去吧。”

武松被押下去了，而且还换了一个单间。武松往这儿一住，一日三餐，有酒有肉，这些差拨对待武松也客客气气，一口一个“武都头”。武松也一肚子疑惑，怎么连牢门都不锁？走出来一看别的犯人，担水的、劈柴的、做杂工的，六月天，大太阳底下干活儿，一个个挥汗如雨。唯独自己在这儿享清福，武松更纳闷了。所以开饭时有人再送吃的来，武松不吃！告诉那个人："我是个囚徒，又没有半点好处给管营，他为什么给我送吃的？你不说原因，我不吃饭！"

那个送饭的没办法了，这才对武松说："这是那天在管营身边站着的那个受伤的小伙子叫我给您送的。这个人叫'金眼彪'施恩。他是管营的儿子，是他在管营面前求了情，要不你早给打死了！"武松一听，对这个施恩心怀感激，让送饭人传话，要与施恩相见。

施恩见到武松，倒头就拜。武松一看，赶紧扶起来。施恩说："小弟久闻兄长大名，如雷灌耳。只恨离得太远，没机会认识。今日兄长到此，本想早来拜见，只恨无物款待，心中惭愧，不敢相见。"

武松是个豪爽人物，一听便说："施恩，既然你我以兄弟相称，你就甭瞒我了，你肯定有事要我帮忙，说什么事儿吧。"

施恩说："兄长远途劳苦，气力亏损，等调养好了，我再跟兄长细说详情。"

武松哈哈大笑："你说错了，俺去年曾害了三个月疟疾，病尚未好，便在景阳冈上，酒醉之时，三拳两脚打死猛虎，何况今天呢？"

施恩偏让武松再养几日，武松性急，拉着施恩到了天王堂前，那儿有个五百多斤的大石头墩子。武松一叫劲，一把把那石头墩子抱起来，向天一抛，抛起一丈高，又轻轻地接住，放在原处。脸不红，心不跳，大气儿都不喘。

施恩大喜，上前就拜："兄长真天神一般!"旁边这些干活的囚徒们也都吓得目瞪口呆。

武松和施恩重新回到私宅，施恩这才把自己的事情说出来。原来施恩在孟州东门外有家酒店叫"快活林"，生意好得很，每年能赚不少钱。前些时候，孟州府里的张团练带来一个人，此人叫蒋忠，人高马大，武艺高强，江湖上人称"蒋门神"。这蒋忠要夺施恩的"快活林"，施恩不是他的对手，被"蒋门神"打了个鼻青脸肿，胳膊还折了。施恩本想带着人去把地盘抢回来，但是，人家背后有张团练，团练手下又有军队。正在这个时候，武松来了。施恩久闻武松的大名，这才想求武松帮着自己复夺"快活林"，报仇雪恨!

武松听了，哈哈大笑："贤弟！不是我说大话，俺武松平生就是爱打抱不平，就是爱打那些恶霸！走！他在什么地方，你带着俺，俺一拳把他打死就得了!"

施恩说："大哥别忙，等我先派人去打探他在不在家，如果在家，咱们再去，不要打草惊蛇。"

武松、施恩接着吃酒交谈，意气相投结拜成了兄弟。第二天，武松见到施恩就要打蒋忠去，施恩却说"蒋门神"不在。武松侧面一打听，原来施恩和老管营看武松头天喝了那么多酒，怕武松酒没醒误事，所以故意说"蒋门神"不在家。"嗨!"武松一听，这太小瞧我了，明天我让他们看看。

转过天来，武松吃完了早饭，这就要去"快活林"。施恩说："哥哥，后槽有马，你骑着走!""哎呀，麻烦！俺走着过去。不过兄弟，今天俺打‘蒋门神’，你需要答应俺一个条件!”

“哥哥但说不妨。”

“俺和你出得城去，你要依我‘无三不过望’。”

施恩没听明白：“什么叫‘无三不过望’?”

“就是出得城去，只要遇着一个酒店，你就要请我喝三大碗酒，若没有三碗，我就不过这酒店的招牌望子，这就是‘无三不过望’。我喝一分酒就有一分本事！五分酒五分本事！我若吃了十分酒，这气力大得没边儿了！俺当年若不是酒醉后胆大，景阳冈上如何打死斑斓猛虎?”

施恩一听，说：“那好呀，小弟家里有的是好酒，我让两个仆人挑着酒到前面等着哥哥。”武松拉着施恩直奔东门外。老管营又暗地里挑选了二十多条彪形大汉，在后面跟着，要是武松成功，这些人一拥而上，复夺“快活林”。要是武松不成功，这些人也一拥而上，别让武松太吃亏。

武松却除了挑酒的，不让别人跟着。他一路走一路喝酒，一连喝了三十碗，武松喝了有五成醉，表面上却假装十成醉，踉踉跄跄，东倒西歪，他就来到“快活林”前了。仆人用手一指：“武都头，你看，前面丁字路口就是‘蒋门神’的酒店。”武松一看，“嗯，知道了，你们俩躲远着点。”俩人挑着担子跑了!

武松走到跟前一看，左手这边是酒店，右手这边是一片稠密的树林，树林子边，一棵大槐树下有一张躺椅，躺椅上躺着一个彪形大汉，正在那儿闭着眼睛乘凉呢。柜台里面坐着一个年轻貌美的妇人，这便是“蒋门神”刚娶的小妾。

武松是来打架的，打架得先找茬，于是就不转睛地盯着那妇人。那妇人不理武松，转头看别处。武松得接着找茬呀，“酒保，打两角酒来。”

酒保到柜上让这妇人舀了两角酒，端过来了。武松端起来一喝，“噗!”全给喷了，“什么破酒？换好的!”酒保换了一碗酒给武松端过来了。

武松端过来一喝，“噗!”喷完把酒碗摔了，“这什么酒？快换好的！否则我打烂你的狗头!”酒保又舀了一碗上等的好酒给他端过去。

这个时候“蒋门神”那个小妾忍不住了：“呸！哪来的闲人敢在这里撒野?”武松一听，茬找着了，站起身一把把这女人拽出来了，一抬手，“咚”，把这妇人扔酒缸里去了。武松接着把冲上来的伙计，“咚咚咚”，全扔酒缸里了。有个小伙计一看不好，赶紧去找“蒋门神”报告。

“蒋门神”也听见动静，过来了：“何人如此胆大，敢砸我的场子?”伙计一指，“就是他!”“蒋门神”一看武松，就知道来者不善。干脆先下手为强，他冲上去，冲武松猛砸一拳。武松脚一软，身子往后一倒，那一拳走空了。“蒋门神”顺势一个绊子，武松重心不稳，一翻身趴在“蒋门神”脚下。“蒋门神”一看抬脚就踩，可武松轻轻一翻身，“蒋门神”这一脚正踏地上，本想把武松踩个半死，不想反震得自己腿脚发麻。武松“忽”地双手一撑地，身子悬空而起，两脚正踹在“蒋门神”脸上，武松落地，头重脚轻，又往前倒，右手拳“砰”正打在“蒋门神”小腹上。这两招“蒋门神”都没防住，身子就蹲下了。武松旋身，右脚又踢起来了，正踢在“蒋门神”额角之上，“嘭”，“蒋门神”仰面摔倒！这个时候“蒋门神”才明白过来，武松不是真醉了，是用的醉拳。可惜晚了，武松一脚已踏住“蒋门神”的胸脯，举起坛子一样的拳头，对着“蒋门神”暴捶，打得“蒋门神”在地下叫饶。

贯华堂本《水浒传》插图：武松和鲁智深

武松喝道：“若要我饶你性命，只要依我三件事！”“蒋门神”连说：“好汉饶命！别说三件，三百件我也答应！”“第一件，把‘快活林’交还施恩；第二件，当众给施恩赔礼认罪；第三件，连夜离开孟州城，若让我再看见你，见一次，打一次！”“蒋门神”一一答应。

武松把周围人叫来，告诉大伙儿打“蒋门神”的原因，又当众让施恩与“蒋门神”把“快活林”店交割了，才罢手。

博闻馆

“都头”和“知寨”

武松因打死了老虎有功，当了阳谷县的“都头”，这“都头”是什么官职呢？

宋代的“都头”有两种，一种是禁军头目，职位次于指挥使，相当于连、排长，一种是县尉的下属，专管缉捕的吏役。武松这个“都头”属于后一种。

在宋朝，县里本没有“都头”这个职务，在县一级，负责抓捕罪犯的称“衙役”。衙役人数不多，大概有十几人，分两个班，每个班的班长称“班头”。“都头”是县役的通称，凡是县里的衙役，都可以称为“都头”。这是借用禁军中的“都头”一词，以对县役们表示尊重。

“小李广”花荣做的是“知寨”。

“知寨”是宋代临时的中小型军事据点防守指挥官，级别视据点规模而定。最大不过团职，最小也是连长级。

身陷都监府

武松醉打了蒋忠，帮施恩夺回了“快活林”。蒋忠向施恩赔礼道歉，然后雇了辆车，拉上行李和小妾走了。施恩重整店面，开张做生意。他留武松住在店里，对武松是更加敬重。

过了一个多月，一天，施恩正和武松坐着聊天呢，忽然外面来了好几个军汉，说是张都监听说武都头是条好汉，派我们来请武都头叙话。说着递上请帖。

这张都监跟张团练有交情，张团练又和蒋忠“蒋门神”交情很深呀，施恩看了觉着不是好事，可是这张都监是他父亲的上司呀，张都监要提走一个刺配的犯人，那谁也拦不住，何况这次是来请的，施恩也只好让武松走一趟了。武松是个豪爽人，没有多想，说道：“既是这样，去一趟也无妨。”施恩舍不得武松走，临别嘱咐他凡事小心。

武松骑着军汉们为他准备的马匹，由人引着，到了张都监的府上。张都监早在厅上等候了，见了武松便拱手说：“武都头，我帐前就缺一个办事妥当的人。久闻你是个大丈夫、大英雄，又有打虎的好身手，俺想让你做个亲随，你可愿意?”武松见他如此器重自己，心里还挺感动的，就欣然答应了。

张都监叫人取了酒食，亲自端给武松。当晚，张都监叫人把武松安排在厅旁的耳房里休息。从这以后，张都监经常请武松到后堂吃饭饮酒，武松可以在都监府里各处走动，张都监把武松就当亲信看待，武松心里也着实感激。

就这样，武松在都监府里住了有一个多月，忠实地跟随着张都监，寸步不离。张都监经常送给武松一些金银、绸缎之类的东西，武松收了，又暂时用不上，就买了一个柳条箱子，把东西锁在里面。

光阴荏苒，转眼到了八月十五中秋节。当日，张都监在后堂鸳鸯楼上摆下酒席，请武松饮酒赏月，而且夫人和家里的女眷都在座。武松觉得有些不便，想告退，张都监硬让他入座。这是把他当亲人了呀，家里的内眷都不避嫌了。张都监坐在武松旁边，闲谈中间，问些枪法棍棒之类的事情，这正说到武松的长项，他也就忘了拘束，高谈阔论，开怀畅饮起来。

众人一起饮酒赏月，张都监特意叫了养女玉兰出来唱曲。玉兰手执牙牌，向前施礼，给每位都道了万福。轻启朱唇，唱起了苏东坡苏学士的《水调歌头》。

> 明月几时有，把酒问青天。不知天上宫阙，今夕是何年？我欲乘风归去，又恐琼楼玉宇，高处不胜寒。起舞弄清影，何似在人间？　　转朱阁，低绮户，照无眠。不应有恨，何事长向别时圆？人有悲欢离合，月有阴晴圆缺，此事古难全。但愿人长久，千里共婵娟。

玉兰唱完，张都监就让她亲自给武松把盏。张都监说：

"玉兰这丫头聪明伶俐，知音律，精刺绣。武都头若不嫌弃，我就把她许配给你吧。"

武松忙说："这使不得，武松是个配军，怎敢以大人家眷为妻呀！"张都监说："你不必推让啦，我既出此言，决不失信。"武松起身道谢。

就这样，又吃了十几杯酒，武松怕喝醉了失礼，赶紧起身告退。武松回到自己门前，借着酒劲儿，拿了一条哨棒，到庭院的月光下舞了一阵，直到三更时间，才回房去。

武松回房正要解衣睡觉，忽听后堂传来一片喊声："有贼！有贼！"

武松一听，赶紧翻身下床，向后堂跑过去。武松生就一副侠肝义胆，再加上张都监对他器重有加，他不可能不管。到了后堂，看见玉兰姑娘慌慌张张跑出来，见了武松就说："快，有个贼人奔后花园去了。"

武松跑到后花园，却不见一个人影，他心里疑惑，忙回身往外跑。就在这时，"嗖"的一声，从旁边黑暗中飞过来一条板凳，把武松绊趴下了。"嗖嗖嗖"又从黑暗中窜出来七八个军汉，口里叫着捉贼，就把武松按住，五花大绑起来。武松急着分辩："我是武松，不是贼！"可是这些军汉不容分说，把武松带到厅上。张都监早在厅上等候，见了武松，怒目圆睁，大骂："你这贼配军，我有意抬举你，你却偷我东西！"

武松分辩说："我是来捉贼的，不是贼人，我武松是顶天立地的好汉，不干这种事。"

张都监"啪"一拍桌子："你这厮还抵赖，押到他房里去，搜搜看有无赃物！”

几个军汉又把武松押到他房里，搜出他那个柳条箱子。里面除了衣服，还有一些金银器皿，大约值一二百两银子。军汉们拿着赃物，押着武松回到厅上。

武松看了目瞪口呆，这些东西都是张都监平日里送他的，如今张都监横竖不认账，冲武松拍案大骂：“武松，你这贼配军！人赃俱获，看你怎么抵赖。你这厮外貌像人，却长了一副贼心贼肝！”

原来这是蒋忠挨了武松的痛打，还了“快活林”，心里怀恨，就花了大笔的银子，托张团练买通了张都监，设计陷害武松。

武松被抓的第二天，就押到知府衙门。知府见了赃物，不容分说，就断定武松是盗窃犯。因为：这厮是贼配军，怎么可能不做贼呢？一定是他见财起意。武松不承认，不承认就打。知府先使了一招严刑逼供。武松是条好汉，不是轻易屈服的，可是，一通雨点般的棍棒之后，武松寻思了：与其被他们打死，不如先认了，再图将来吧。于是武松承认了自己见财起意，偷了张都监家的东西。知府见他招了，就让人把他押入死牢。

再说施恩在“快活林”听说武松被张都监陷害，吃了官司，如今被押入死牢，真如晴天霹雳一般，赶紧跑回安平寨，找他爹老管营商议对策，看怎么能把武松救出来。老管营说：“快去买通管牢的节级，先保住武松的性命，再做别的打算。”节级就相当于狱卒。施恩听了，就去找和他比较要好的康节级。

先送银子再打探武松的消息，那康节级告诉施恩说：“如今衙门上下都收了蒋忠的银子，要害武松的性命。只有掌管文书档案的叶孔目，为人正直，不肯受他们的贿赂。”施恩谢过康节级，又封了一百两银子托人送给叶孔目，求他搭救武松。叶孔目也佩服武松是条好汉，答应能办到的一定设法去办。

施恩备了酒食进牢里探望了武松，告诉他，这一切都是“蒋门神”采取的报复行动。张都监、张团练收受蒋忠的贿赂，狼狈为奸，陷害武松。他让武松放宽心，他正找门路活动。

叶孔目找机会把武松案子的前因后果都跟知府说了，知府一想：好你个张都监，你收了贿赂银子，倒让我替你害人，做梦！于是给武松判了个脊杖四十，发配恩州。

押解路上，施恩来送武松，胳膊又吊在胸前了，头上也有伤。原来，那蒋忠又带人把施恩打伤，霸占了“快活林”。施恩带来两只烧鹅给武松挂在枷上，又给他准备了些衣服和散碎银子。然后在武松耳旁悄悄说：“我看这两个公差不像好人，哥哥一路上要提防着他们。”武松说：“兄弟放心，我自有办法对付他们。”施恩洒泪而别。

武松一只手扣在枷上，一只手能动，他一路上撕着烧鹅独自吃，走不出五里路，就把两只鹅都吃光了。押解的两个公差确实早让蒋忠买通了，要在路上对武松下手。他们这一路上还有两个大汉远远跟着，也不说话。武松看见有人跟着，一直不动声色。

又走了几里，来到了人烟稀少的“飞云浦”。武松一行上了石桥，下面便是湍急的河流。那两个大汉也跟上了桥。突然两个公差一齐扑向武松，想把他推下桥去。这两位使了半天劲儿，武松纹丝不动。两人就抱武松的腿，想把他抬起来扔下去。没想到，武松的双腿就如钉在了桥面上一般。两人光顾使劲了，不想武松一拧身一叫力，“扑通”，下去了一位。另一个一愣神，“扑通”又被武松踹了下去。跟着的那两个大汉，举刀劈向武松，武松以肩上的大枷来迎。“咔嚓”一声，刑枷断成两截。这下武松自由了，那两个大汉掉头就跑。武松一个健步过去，挥拳打翻一个，夺过刀来，把他搠死。武松追赶几步，打翻了另一个，一脚踏住心口。

“说！谁派你们来的?”

“好汉饶命！我们是‘蒋门神’的徒弟。是师傅和张都监、张团练定计，叫我们在路上动手害你。他们如今正在张都监后堂鸳鸯楼吃酒，等着回话。”

武松听了大怒，手起刀落，又搠死一个。武松寻思：“如今杀了这四个，不如再将张都监等杀了，出这口恶气!”于是提起朴刀，奔回孟州城去。

博闻馆

词和词牌

词，又称“诗余”“长短句”，是诗歌的一种形式。须依据一定的曲调，填入歌词。调有定格、句有定数、字有定声。宋词的成就最高。

词牌，就是词的格式的名称。词总共有一千多个格式，这些格式的名字就是词牌。有时候，几个格式合用一个词牌，因为它们是同一个格式的若干变体；有时候，同一个格式也有几个不同的名称，如“蝶恋花”，又称“鹊踏枝”。词牌名有的来自乐曲名，如“如梦令”“菩萨蛮”。有的摘取一首词中的几个字作为词牌，有的本就是词的题目。

词分为小令、中调、长调，这是依字数多少来划分的。清代毛先舒《填词名解》认为，小令的字数在58个字以内，“如梦令”就属于小令。59至90个字为中调，“蝶恋花”就是中调。而长调是91个字以上。这一回玉兰唱的“水调歌头”就属于长调。

血溅鸳鸯楼

定更时分，武松已经摸到张都监的后花园墙外。这里是一个马厩，武松就在马厩边上伏着。正想看个动静，就听见“呀”的一声，角门开了，有一个养马的后槽提着个灯笼出来了，上了草料，挂起灯笼，进屋想睡觉。武松已经伸手把他的房门推开了，还没等他反应过来，刀已经架在脖子上了。

“张都监在哪里?”

“啊? 武松，不关我事呀！张都监和张团练、‘蒋门神’在鸳鸯楼上喝酒呢。武爷饶命啊!”

“饶你不得!”武松把刀一按，“噗”，人头落地。

武松转出来再往前走，正是厨房。就见里面有两个小丫环，一边干活一边抱怨：“哎呀，这都服侍了一天了，三人还在那儿喝呢。这也不知道要喝到什么时候!”两个丫环说着一转身，看见武松了。

“什么人?”一句话还没喊出来呢，武松迈步上前，“噗噗”两刀，两个丫环没气了。武松这时候一心想报仇，杀人都杀红眼了。

武松原来在都监府里出出进进，对这里环境很熟悉。他径直奔鸳鸯楼方向走，到了楼下扶梯边，听见上面有欢声笑语。武松蹑手蹑脚上了楼。这个时候，张都监和“蒋门神”、张团练三个人都已经喝了一天酒了，下人都已退了下去。

只听里面“蒋门神”说：“都监，亏得大人给小人报了仇！大人放心，小人今天说的话都算数，以后我拿‘快活林’每年的一半收入孝敬大人！”

又听张都监说：“蒋忠啊，实话给你说，这要不是看在我兄弟张团练的面子上，谁肯帮你干这事啊？还有啊，你派去的徒弟到底能不能杀了武松？”

“能！大人放心。武松再有能耐，可是他带着枷锁呢，‘飞云浦’地势险要，他必死无疑！”

张团练也说了：“大哥放心，武松肯定活不了，来，喝酒！”

张都监又问：“按说他们杀了武松该回来了，怎么到现在还没有音讯呢？不会出什么意外吧？”

蒋忠说：“小人也吩咐过徒弟，让他们杀死武松后赶快提着他的人头来回报！”

武松听到这里，心头怒火万丈，“咣当”一脚把门踹开。里面几人一见武松，吓得魂飞魄散。还是蒋忠“蒋门神”反应快，抄起一把椅子，冲武松砸过来。武松闪身让过，举朴刀奔蒋忠面门劈去，蒋忠还来不及出第二招，便死于刀下。张团练学着蒋忠抡着椅子砸武松，这一下还真砸着了，“咔嚓”一声椅子粉碎，武松却山一样屹立不动。张团练一看不妙，转身想跑，来不及了，武松手起刀落，把张团练砍了。

张都监趁武松对付那两位时，已跑出几走，被武松大步追上，薅住脖子，“狗官！休走！”

张都监一看跑不了了，眼珠一转："武松，这是一场误会！本官都查清了，这都是张团练和蒋忠陷害，本官正要为你翻案。"武松听了，微微一笑，手中朴刀可没停下来，一刀刺入张都监的肚子，手腕子一拧，张都监两眼一翻，没机会狡辩了。

戴敦邦绘武松像

武松把刀抽出来，砍下他的头。在桌旁坐下，想歇会儿。这时候，他才觉着肚子饿了。桌上酒席不能没人享用呀，武松替他们享受了一顿。酒足饭跑后，武松一看对面白粉墙，也不能让它空着。走过去，把张都监的衣服撕下来一块，然后蘸着血，在墙上写了八个大字："杀人者，打虎武松也！"题完了这几个字，一抬腿，把桌子给踹翻了，"咣当！稀哩哗啦……”桌上的杯盘碟盏这么一响，惊动了张都监的夫人了。

张夫人叫了张都监的两个亲随，说：“肯定是楼上官人们喝醉了，你们两个赶紧上去搀扶，别让他们摔着。”两个亲随答应着，就往楼上走。

武松正想走呢，听有人上来了，闪身在楼梯边一看，火就上来了。认得呀！张都监的两个亲随，那天带着人抓自己、诬陷自己偷东西的就有这两位。两个人上了楼，还没等反应过来呢，刀光闪了两闪，两具死尸就顺着楼梯骨碌下去了。

张夫人听见动静，不知怎么回事儿，问吧，又没人答话，就自己走过去了。走到下边的楼梯口，脚下有什么东西绊住了，低头一看，“啊?”死人！她想叫，才叫出半声，这时武松已经来到近前，“唰”的一刀，劈面而下，张夫人“扑通”就倒在楼梯口了。

武松大开了杀戒，就收不住手了。反正杀一个是杀，多杀几个也不过如此。正这个时候，来了三个人，为首的是张都监的养女——那个唱曲的玉兰。她听见夫人的喊声，带着两个丫环过来了。武松一看玉兰，更来气了。在那个八月十五中秋赏月的时候，张都监还说要把玉兰许配给武松为妻，武松还天真地以为这是真的，没想到这都是圈套，玉兰自己也参与了这个骗局。当然，玉兰是个孤女，不得不听张都监的摆布，也没得选择。现在的武松也想不了那么细。“噗”一刀捅进玉兰心窝，“噗噗”两刀，两个小丫环被武松砍倒在地。武松拎着刀往前再走，一路上又碰到了几个家丁、婆子，武松心想：你们都不是什么好东西！于是见着一个杀一个，见着两个宰一双，一个活口都没留。

血洗都监府之后，武松把施恩送的包裹打开，换上干净衣裳，趁天黑翻墙逃出孟州城。涉过护城河，奔东一路逃走，一直走到了五更天，此时，天色还没亮。武松就觉得双腿酸疼，头重脚轻，背后的棒伤剧烈作痛，实在太累了。抬头看见一座古庙，武松走进去，倒下便睡。不想，刚睡着，就被几把挠钩搭住，自己已被人五花大绑了。

开始武松还以为是被官府给拿了呢，后来见面前站着四条大汉，听见一个说："这鸟汉子真肥，正好给大哥送去。"知道是伙强人。

武松被人牵着，连拖带拽，进了村子。走了三五里，来到一间草屋。他们把武松身上剥光了，准备送给首领做人肉包子。

这几个劫道的向首领报告说："我们今天抓到一个人，浑身是血，不像好人！"

"噢？我们看看！"说着话走进来俩人，一男一女，到里面一看："哎哟！兄弟，是你啊？"

武松一看："大哥！嫂子！"原来是孟州十字坡掌柜的"菜园子"张青和孙二娘夫妇。

武松像见到亲人一般，把遇上施恩、醉打"蒋门神"到血溅鸳鸯楼的事情讲了一遍。张青夫妇忙叫人为武松备酒压惊。

孙二娘一挑大拇哥儿："英雄盖世，快意恩仇！嫂子敬你一杯！"

张青说："你先别高兴，兄弟这祸可闯大了，官府能答应吗？"

"不答应怎么着？怕他干嘛呀？哎，当家的，你去打听一下消息。让咱兄弟先在咱们这儿住下休息休息，打听准了信儿，再作计较！"

张青从孟州城打听消息回来，说各处正缉捕武松，风声很紧。

张青就对武松说："兄弟！我有一个安身的好去处，青州管下二龙山宝珠寺。那里的大寨主'花和尚'鲁智深，是我结义的弟兄。当年这个鲁智深曾经来到我们这里，你嫂子给他下了药，幸亏我回来，救了下来，大家一见如故，结拜成兄弟。现在他和'青面兽'杨志在二龙山占山为王。贤弟你带我一封书信，前去入伙吧！只是贤弟双额之上都被印了金印、刺了字，这一出去就被人认出来啦，怎么办好？"

孙二娘一听乐了："你们等着！"说着进屋拿出了一套头陀和尚的衣物、一个铁界箍、一领皂布直裰、一条杂色短穗绦、一本度牒、一串一百单八颗人顶骨数珠，还有一把一个沙鱼皮鞘子、插着两把雪花镔铁打成的戒刀。孙二娘说："这是两年前，有个头陀打从我这里过，被我杀了。剩下的这身装束，我觉得好玩一直没扔。兄弟，现在你要逃难，不如把头发剪了做个行者，金箍遮住额上金印。这本度牒做护身符。你正好和那个和尚年岁貌相相仿，别人盘问，你不有的说了吗？"

武松马上换上这一身穿戴，往那儿一站，孙二娘一挑大拇哥儿："好嘛，这就是金刚下界！兄弟，嫂子就给你送个诨号，从此，你就叫'行者'武松！"武松说："多谢嫂嫂!”

武松拿着张青夫妻的推荐信，挎好戒刀，离开大树十字坡，直奔二龙山。

 博闻馆

武状元

在杨志的故事中，我们提到过他是武状元出身，那什么是武状元呢?

我们都知道，科举制是用考试的方式选拔官吏的制度。它始于隋代，撤销于清末。而武科举是科举制中冠以“武”事的一个特殊的门类。

武科举始创于唐武则天长安二年（公元 702），到清光绪二十七年（公元 1901）废止，在中国历史上实行了近一千二百年。

武状元是武科举考试的最高一级选拔出来的或者经皇帝认定的第一名，称为一甲一名武进士，这就是武状元。宋朝首开武举殿试之先河，所以才有了武状元。因为殿试中的一甲第一名才称状元。

宋朝自北宋仁宗赵祯天圣八年（公元 1030）开设武科，宋武举一改唐武举只重武艺，不问文章的做法，注重考查武举子的军事理论素养，欲选拔出才兼文武之儒将。

最有名的武状元要数在平定安史之乱中立大功的郭子仪了。他也是唯一由武状元而位至宰相的人。他一生历仕玄宗、肃宗、代宗、德宗四朝，曾两度担任宰相。同时，他也是历代武状元中军功最为显著的一个。

大闹清风寨

“行者”武松，走了五十来里路，来到白虎山的一家酒店。武松要好酒好肉，人家说没有。武松看邻座客人桌上就有，人家说那是客人自己带的。武松急了，把店主兄弟揍了一顿，抢了酒肉吃。不想吃醉了，不小心掉进河里。正好店主兄弟“毛头星”孔明和“独火星”孔亮带着人报仇来了，把武松拉上来，绑在了大树之上，正要打，被人给拦住了。

那个人喊道：“哎呀，这不是我兄弟吗？快快！解下来！”这人是谁啊？“及时雨”宋江。

原来宋江在柴进庄上住了半年多，怕父亲担心，就把兄弟“铁扇子”宋清给打发回去了。白虎山这儿有个孔太公，跟宋江他父亲宋太公是莫逆之交。他知道宋江落了难了，几次三番派人到柴进庄上邀请宋江到他家去避难。盛情难却，宋江只好告别了柴进，来到白虎山。孔太公有两个儿子就是孔明、孔亮。两个人简直把宋江当神仙一般对待，拜了宋江为师，宋江教他们一些棍棒。

孔明、孔亮听说他们抓的这位是师傅的兄弟、打虎的英雄武松，赶紧大礼参拜。武松赶紧把两个人拉起来了。

宋江、武松相见非常高兴，立刻设了酒宴，兄弟四人边吃边聊，各自把这些年的经历说了。最后武松说：“我要去投二龙山宝珠寺‘花和尚’鲁智深那里入伙。”宋江一听：

“那正好。二龙山不远的地方有座清风山，那里有个清风寨，知寨‘小李广’花荣是我的好兄弟。这些天他给我写了很多信，要请我去他那儿呆两天。正好，咱们弟兄一路上做个伴吧。”

就这样，宋江、武松在孔太公庄上又住了半个月，然后起身告辞。往前走了四五十里，来到瑞龙镇，这是个三岔路口，宋江、武松这才洒泪分别。武松去二龙山投鲁智深、杨志，入了伙。

再说宋江转身投东，直奔清风寨。结果一到就被喽啰兵给拿住了，正要开膛摘心，宋江叹了口气：“唉！没想到我宋江竟然死在了这个地方。”结果山上的寨主一听“宋江”二字，立刻给宋江松了绑。

原来这清风山有三位寨主，大寨主“锦毛虎”燕顺、二寨主“白面郎君”郑天寿、三寨主“矮脚虎”王英。三人马上大排筵宴，招待宋江，留他住下。

没两天，清风山的喽啰兵从山下抢来一个上坟烧纸的妇人。“矮脚虎”王英一看，就要把她留下做压寨夫人。

一问这个妇人，原来是清风寨知寨刘高的夫人。既然是位官太太，宋江就劝王英把刘夫人给放了。还答应王英，以后给他找个更好的。

刘夫人对宋江千恩万谢，宋江说：“别谢我，我不是山寨里的大王，我是来自郓城县的客人。你快走吧！”刘夫人走了。

再说宋江辞别三位寨主下山，来到了清风寨知寨花荣的住处。花荣见了宋江，万分高兴。宋江就把从杀阎婆惜到救刘夫人的事，都说了一遍。花荣听了一皱眉："哥哥，唉！其实你根本不该救她！"原来这刘知寨是正知寨，说是文官，却是花钱买的官。贪赃枉法，无恶不作。尤其这位刘夫人，刘高干的那些坏事儿都是她在背后出的主意。

元宵佳节，清风寨张灯结彩。宋江带着花荣派给自己的几个家人出去观灯。正遇上刘高和他老婆也在一座楼上看灯。刘夫人忽然一指正在人群中的黑矮汉子，说："那天把我抢到清风山的就是他！"

刘高一听，马上命人出去把宋江给捉住，押到了寨中。审问间，宋江只说："小人张三，和花荣花知寨是朋友。"

不想刘夫人恩将仇报，从屏风后边出来指着宋江："你这狗贼，就是你把我抢到山上的。"刘高叫手下把宋江打了个皮开肉绽，用铁锁锁了，投入囚车。

花荣得了信，马上命令两个亲随拿着书信去找刘高要人。刘高一看，把书信扯了个粉碎，"花荣，身为朝廷命官，与贼寇私通?!"把两名亲随给打出去了。

随从回来跟花荣这么一说，花荣勃然大怒，"来啊！抬枪备马！"花荣披挂整齐，带了弓箭，飞身上马，带着五十多名军兵，拿着兵器，直奔刘高寨里来。

花荣的箭法，百发百中呀，把门的军兵谁也不敢拦着。花荣就抢到了厅前，飞身下马，高声喝道："请刘知寨出来说话！"刘高早吓得魂飞魄散，钻到床底下去了。

花荣救出宋江，让人抬回去找大夫医治。然后他再次上马，冲着里面喊："刘知寨！这是我的一个表兄，一直住在我家，你竟冤枉他是贼，告诉你，我花荣不是这么好欺负的！今天你不出来，明天再和你说话！”说完，打马回寨。

刘高等花荣走远了，才从床底钻出来。马上点起二百来人，让两个新上任的教头领着，到花荣寨里夺人！

两个教头带着人到花荣的大寨一看，寨门大开，他们就有点心虚，壮着胆子来到门前往里一望，只见“小李广”花荣在正厅上端坐，左手挽弓，右手拿箭。

原来花荣料定刘高会来这一手，早有准备，一看人来了，冷笑数声：“哼哼！你们这些大胆的军士！刘高差你们来，是让你们来做替死鬼的。你们两个是刚来的新教头吧？可能你们还不知道花知寨的弓箭！那好，今天我就让你们见识见识！看完了，不怕死的就进门来！你们看，我先射大门上左边门神头上的绒球。”

两个新教头还有那些个兵士，都不由自主地扭头看左边门扇上的门神。花荣张弓搭箭，“嗖——砰！”正中门神头上的绒球。“啊！”把这二百来人都给吓呆了。这时候，花荣又从走兽壶中取出第二支箭来，“你们众人再看，我这第二支箭要射右边门神的这头盔上的朱缨！”

花荣“嗖”的又是一箭，不偏不倚，正中朱缨，众人又是一激灵。接着，花荣又取出第三支箭，“小子们，你们好好看我的第三支箭。”他一指那两个教头。这俩教头今天一个穿红，一个穿白。花荣说：“我这第三支箭要射你那队里头穿白的教头的心窝！”

花荣话音刚落地，那教头扭头就跑，他这一跑，二百来人一下子全跑散了。花荣看了，冷笑一声：“来啊！闭上寨门！”他放下弓箭，来到后堂看望宋江。

宋江上了药，在床上歇着。花荣说：“是小弟不慎，让大哥受苦。”

“是哥哥给你添麻烦了！恐怕那刘高不肯和你善罢甘休啊。”“嘿！哥哥，你放心，他不敢把我怎么样！大不了这官不做了！我早就做腻了！”

宋江不想连累花荣，执意要上清风山躲避一下。这样，刘高找不着人，没证据，也不能把花荣怎么样。别人看了，只能说一场文武不和相殴罢了。

第二天晚上，宋江悄悄出来，要投奔清风山。刘高也已经算好了，早在半道上埋伏好了人，把宋江给抓了。花荣还不知道。刘高连夜写了一封揭发信，差两个心腹星夜送到青州府。

青州府知府叫慕容彦达，是慕容贵妃的哥哥。仗着妹妹的势力，在青州一带横征暴敛，残害良民。他接到刘高的书信一看，就把本州兵马都监“镇三山”黄信给找来了。因为青州地面有三座山被强人占着：第一座清风山，第二座二龙山，第三座桃花山。黄信一心要把三座山剿平，所以绰号叫做“镇三山”。慕容彦达让黄信带着人马连夜奔清风寨查明真相，捉拿花荣。

黄信到那儿跟刘高一合计，觉得直接用硬的，怕花荣难对付，就定下一计，说慕容知府听说清风寨文武不和，特派黄信到这里设宴给两个人调和来了，请花荣赴宴。花荣不知是计啊，欣然而往。到这儿被黄信埋伏好的兵士给拿了。然后把花荣、宋江打入囚车，要解往青州。

那清风山上也得了消息，“锦毛虎”燕顺、“白面郎君”

郑天寿、“矮脚虎”王英三位英雄与黄信一场恶战，黄信败走，带来的兵也四散逃命了。三位好汉打开囚车，救了宋江、花荣。知寨刘高吓得瘫软在地，花荣上前一刀，扎透了刘高。宋江、花荣跟着三位寨主上了清风山。

“矮脚虎”喊了一声：“来啊！大排酒宴，喝起来！”五位英雄就在清风山日日酒筵，商议要攻打清风镇。

这天正在商议呢，突然听到远处三声炮响。有喽啰禀报：“青州指挥司总管本州兵马的统制，‘霹雳火’秦明领军兵五百人打到山下！”

博闻馆

李广及有关他的诗文

花荣的箭法好，所以绰号叫“小李广”。那么李广又是什么样的人物呢？

李广是我国西汉时期的名将。汉文帝十四年（公元前166）从军抗击匈奴，因立下战功升为中郎。景帝时，他又先后任北部边域七郡太守。武帝元光六年（公元前129），他被任命为骁骑将军，统兵出雁门关抗击匈奴，因寡不敌众，受伤被俘。李广装死，趁人不备，跳上马逃回自己的军营。匈奴被李广打怕了，对他心生敬畏，

清人绘李广像

称他为“飞将军”。元狩四年（公之前119），在漠北之战中，李广任前将军，因没有向导，迷路失道，未能参战，愤愧自刎。

在后代诗文中提到李广的有很多，最有名的要数王昌龄的名作《出塞》：“秦时明月汉时关，万里长征人未还。但使龙城飞将在，不教胡马度阴山！”每当国家危难之时，后代人便会想起“龙城飞将”李广来。

李广是一代名将，战功显赫，然而他却终生未获封侯，所以唐代诗人王勃在《滕王阁序》里发出了“冯唐易老，李广难封”的感慨。

有记载说，李广酒醉出猎，猛然发现草丛中有一个白色的庞然大物若隐若现，好像是一只吊睛白额虎，便弯弓搭箭射向它，只听“当”的一声，正中目标。手下人上去准备逮住老虎，走近一看，却是一块虎形的大石头。李广虽然没有射死老虎，但却能把弓箭深深射进石头中，可见他的箭法之高。因此，唐朝诗人卢纶写了这样一首《塞下曲》：“林暗草惊风，将军夜引弓。平明寻白羽，没在石棱中。”

夜走瓦砾场

宋江和花荣都上了清风山，“镇三山”黄信败走。青州知府慕容彦达闻信大怒，派青州指挥司总管本州兵马的统制秦明，带领一百马军、四百步军征剿清风山。

那秦明祖上是军官出身，因性情急躁，声如霹雳，绰号“霹雳火”。他使一条狼牙棒，有万夫不当之勇。慕容彦达备了酒肉，出城犒劳秦明和他的部下，在马前给秦明敬酒。秦明一饮而尽，披挂上马，直奔清风寨而来。

清风山的小喽啰探得消息，报上山去，众好汉们吃惊不小。花荣说：“诸位别慌，我倒有个计策，咱们先跟他们拼一下，然后再用智取，就能得胜。”花荣就如此这般说了一遍他的计策。宋江听了说：“好计！”众人也都首肯了，就依计行事。

秦明领兵来到清风山下，排兵布阵。这时就见从山上下来一彪人马，簇拥着“小李广”花荣，到山坡前摆开阵势。

秦明上前大喝：“花荣，你是将门之子，吃皇上的俸禄，为什么勾结草寇背叛朝廷？”

花荣说：“那刘高公报私仇，诬良为盗，花荣也是被逼无奈。”

“你花言巧语，煽动军心，还不下马受降！来呀，两边擂鼓！”秦明说着，便抡起狼牙棒，直奔花荣。花荣举枪迎战。这二人一个舞动狼牙棒，一个舞动银枪，打了四五十个回合，不分胜负。花荣卖个破绽，顺山下小路而走。秦明紧紧追赶，离着约莫百步，花荣驳转马头，引弓发箭，正射中秦明的头盔，把一颗红缨射落下来。秦明吃了一惊，不敢再追。花荣得胜，率众回山。

叶雄绘花荣像

秦明见花荣上山，心中大怒，命兵士鸣锣擂鼓，一齐杀来。山上早有准备，一时间滚木檑石俱下，官兵躲闪不及，第一拨就倒了三五十个，只得退下。

秦明不甘心就这么吃败仗呀，带着兵绕着山脚转悠，想找条小路上山。正找着呢，听见西山边锣鼓响，树林丛中闪出一队红旗军。秦明带人去追赶，这队红旗军又不见了。脚下却是乱石荆棘，寸步难行了。

此时天色已晚，秦明的军士也累得人困马乏。秦明一想：得了，回去造饭休息吧。忽见山上火把通明，亮如白昼，锣鼓“叮咣”乱响。秦明一听，怒了，带着四五十骑军马上山。“咣当”一声炮响，“嗖嗖嗖”周围树林里乱箭齐发，士兵又死伤了不少。秦明无奈，只得败下山去。

时候不早了，秦明命士兵就地造饭。刚举火，山上八九十个火把便呼啸而来。秦明大怒，带兵追赶，这些火把又同时熄灭，秦明顿觉眼前一片漆黑。秦明性急呀，叫人放火把林子烧了。正在这时，听见有音乐的声响，抬头一看，是宋江、花荣在山上喝酒。

秦明想上去跟花荣对打，可是怕花荣的箭呀，只好在山下对着他们大骂。忽然山上火箭、火炮齐发，秦明的兵马只好挤到山侧深沟里去躲。这可犯了兵家大忌了，山上见了，立刻放水。水往低处流哇，秦明一行人马全泡汤了。腿慢的淹死了，腿快的往岸上爬，却被挠钩搭住，活提到清风山去了。

秦明也算得英勇了，就剩一人一马了，还往山上冲。上了一系列的当，这个时候秦明应该冷静下来了，但他偏不冷静，就想赶紧抓住花荣一干人解恨。不想掉入陷坑，被绑上清风山。

花荣等五位好汉齐坐聚义厅上，众军士把秦明押上厅来。花荣一见，连忙迎上前去，替秦明解了绳索，向秦明施礼陪罪，说道：“小喽啰得罪了大哥，小兄替他们陪罪。”

秦明急忙还礼：“被擒之人，不敢受礼。”花荣忙叫人取了锦衣替秦明披上。将宋江、燕顺等人一一引荐给他。秦明见了宋江，纳头便拜，连叫："久仰，幸会!"燕顺等人立刻安排酒宴款待秦明。秦明给大家一一敬过酒，又喝了一回，起身告辞。燕顺就劝他："说句不好听的，你都让我们整得全军覆没了，回去知府还能饶过你吗？不如就留在本寨吧。"

秦明倔劲儿还上来了："我秦明生是大宋的人，死是大宋的鬼。诸位要杀便杀，让我背叛朝廷，办不到!"花荣忙来劝解，众好汉又一一劝酒。

秦明又多喝了几杯，花荣命人把他扶入帐房睡下。秦明睡到太阳老高才醒，众好汉苦留不住，只得把铠甲还了秦明送他下山。

秦明上了马，拿了狼牙棒，离了清风山，直奔青州城而来。走了十多里，离城已近，远远望见烟尘乱起，却没有一个来往行人。这本该是热闹的地段呀，秦明心里就疑惑起来。再往前走，原来住在这儿的几百户人家，却都被火烧成一片废墟。一片瓦砾场上，横七竖八的尸体不计其数，都是百姓装束。秦明大惊，打马踏着瓦砾场来到城下。

秦明叫守城开门，却见门边吊桥高高扯起，城上排列着军士、旌旗、檑木、炮石。城上军士看见秦明，便擂鼓呐喊起来。秦明大叫："把吊桥放下来，我是秦总管。"却见慕容彦达在城头上大骂："反贼，你既然已经降了贼寇，昨晚又带人马来攻城，还干下杀人放火的勾当，干嘛又一个人回来？是想替强盗赚开城门？你降贼的事我已奏明朝廷，早晚拿住你碎尸万段!"

秦明一想，不对呀，昨晚我被抓在清风山，喝醉了，留宿了一夜，今天就赶回来了，怎么有带人马攻城的事？急忙分辩："昨我折了人马，被他们抓上了山，今天刚刚脱身，怎么会杀人放火呢？"

慕容彦达喝道："胡说，你的马、你的狼牙棒、你的铠甲，众人都看见了，还能认错？你现在想回来取家眷是吧？你老婆早让我杀了。"

说完便叫人在城头上挂出了他妻子人头。秦明见了，好不心痛。这时，城上乱箭如雨点般射下来。秦明无路可走，只好顺原路退回。

走了不到十里，旁边的树林里闪出一队人马，为首的正是宋江、花荣。宋江问起秦明怎么在这儿，秦明叹了口气，把自己受冤枉、妻子被杀的事情讲说了一遍。

宋江安慰他说："总管休要难过，你没了夫人，我将来给总管做个媒。"把秦明又请到清风山上。

众人回到山寨，好汉们在大厅聚齐。大伙儿让秦明在正中坐了，把昨夜的实情告诉秦明："总管息怒。实不相瞒，昨晚上是我们派人假扮总管去攻城，就为了断绝你的归路，让你安心入伙。"宋江等人再三赔罪，秦明叹口气说："各位虽是好意相留，使的手段也太歹毒了吧？"宋江忙又告罪，又做媒将花荣的妹妹许给秦明。秦明已是无路可走，见众好汉真心待他，只好入伙。

秦明想着"镇三山"黄信的武艺还是自己教的，平日二人又非常要好，便自告奋勇，打算请黄信入伙。次日，秦明单人匹马直奔清风镇，黄信就驻扎在那里。秦明见了黄信，把事情经过说了，告诉他那天押的犯人张三，就是“及时雨”宋江。宋江为人仗义，天下闻名，黄信当即就答应入伙。

正在这时，两路人马杀过来了，原来是宋江、花荣一路，燕顺、郑天寿、王英一路来取清风寨。黄信就叫士兵放下吊桥，大开寨门迎接。众好汉攻下了南寨，“矮脚虎”王英活捉了刘夫人，把刘高其他家属全杀了。喽啰兵把金银财宝装车运回去，马匹牛羊牵回去。花荣回到家中，把妻子和妹妹接上山去。

王英还想把刘夫人做压寨夫人呢，“锦毛虎”燕顺说：“这种妇人，要她何用?”拔出腰刀，一刀劈为两段。宋江赶紧劝王英：“这么歹毒的妇人，留在身边，你将来也得受害。放心，日后哥哥给你另娶个好的。”王英一听，那就等好的吧。

第二天，宋江、黄信主婚，燕顺等三寨主做媒，把花小姐嫁给了秦明。

慕容彦达向中书省告急，借来大军征剿，清风山得了消息，众好汉聚齐商量应敌之策。宋江建议放弃清风寨这个小寨，大伙儿一齐上梁山入伙。自己和梁山的晁盖还有些交情，可以引见。众人听了大喜，收拾了财物，带上家小，向南进发。为不惊动官府，众英雄一路化装成征剿梁山的官军。

经过对影山时，“小李广”花荣又用箭把两个争斗比武的山大王分开，互通姓名，他们是“小温侯”吕方和“赛仁贵”郭盛。二人也一起入伙，投奔梁山。

 博闻馆

朴刀和哨棒

《水浒传》故事中常提到朴（pō）刀。“朴刀”《辞源》解作窄长有短把的刀。《汉语大词典》解作刀身窄长、刀柄较短的刀，双手使用。这种兵器在宋代、元代的通俗文艺作品中屡屡出现。

哨棒是武松的常备武器，驱狼用的。过去山东道上狼群很多，过往客商习惯带一根哨棒。哨棒的一头是空心的，吹起来好像龙吟虎啸一般，可以吓走猛兽，附近的百姓听到哨声也会出来救助。另外，哨棒还可用作登山的拄杖，也可用来挑起小件行李，所以，当时人出行必备哨棒。还有另一种解释：哨棒是官府衙役巡逻、警戒、防守的警棍一类的东西，“哨”是放哨的哨。

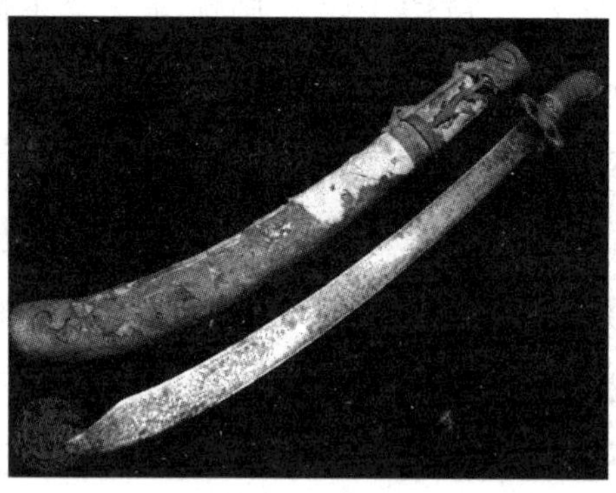

朴刀

宋江逢李逵

宋江一行人又走了几天，路遇一个小伙子到处打听宋公明，一问才知这位是“石将军”石勇。他受“铁扇子”宋清所托，来给宋江送信。

宋江接到的却是父亲宋太公亡故的消息，家里让他回去奔丧。宋江伤心欲绝，哭罢，宋江安排花荣、燕顺、石勇他们先去梁山，自己回家奔丧。

花荣等人拿着宋江的信到了梁山之上，天王晁盖是热情地招待，就把大伙儿留在了梁山。宋江日夜兼程回到家，却见父亲红光满面地在家等他呢。

原来宋太公听说朝廷新册立了皇太子，大赦天下，重罪犯人可减刑一等。宋江不用抵命了，顶多刺配判个流放。所以他把儿子叫回来，让他去投案自首。宋江投案了，判了个脊杖二十，发配江州。

宋江脸上刺了金字，被两名解差押着，赶奔江

贯华堂本《水浒传》插图：李逵和燕青

州。刚出了郓城县，却见梁山众好汉请宋江上山。宋江就带着两名差役上了梁山。但晁盖等人苦留他不住，只能再送他下山。临走的时候，“智多星”吴用写了一封信交给宋江，说在江州牢城营，有个两院押牢节级，叫做“神行太保”戴宗。把信交给这个人，在江州就可有个照应。

宋江谢过，辞别上路。一行三人来到揭阳岭，误投黑店，中了蒙汗药。店主正要给他开膛下锅呢，一想先翻翻他的财物吧。他从差役的文书袋取出公文一看，才知这刺配的犯人是宋江，赶紧把宋江给救醒了。一通报姓名，宋江才知道开店的叫做“催命判官”李立，另外三人“混江龙”李俊、“出洞蛟”童威、“翻江蜃”童猛，都是江湖上好汉。童威、童猛两人是亲兄弟。

与众好汉痛饮过后，宋江告辞起身。再往前走，到了揭阳镇。镇上的人正扎堆围观呢，只见一个打把势卖艺兼卖膏药的小伙子，功夫不错，可围观的百姓没一个给钱的。宋江便给了五两银子。

原来，镇子上的地头蛇嫌这个卖艺的逞能，不准任何人给他钱。宋江一给钱，坏了，这地头蛇过来照宋江就打，却被卖艺的小伙儿打翻在地，跑了。

宋江与卖艺小伙儿通了姓名，他便是“病大虫”薛永。宋江又赠了薛永一些银子，两人分手。宋江天晚投宿，却没有一家客店收留他，都怕得罪那个地头蛇。

宋江只好投宿到一个大户人家。睡到半夜，听见院外有人打门，宋江才发现他住的正是地头蛇的家。那地头蛇带着人又把“病大虫”薛永给抓回来了，现在是来找他自己的哥哥要一起再去抓宋江。宋江赶紧叫醒两个差役，连夜逃跑。

跑了一个时辰，来到浔阳江边。这时候，就听见背后喊叫，火把乱明，人家追上来了。宋江心里正在叫苦，江面划过来一条小船。真正天无绝人之路，宋江等人赶紧上船。

划船汉子离岸而去，那边追赶的人也赶到了："哎！划船的，快靠岸！"

宋江这边说："艄公，快走，我多给银子！"

"有银子？"

"有！"

"好！咱们走！"这艄公就划着小船奔江心。

岸上的喊："把船划过来。上面的三个人是我们的冤家。"

艄公冷笑："是你们的冤家啊，正是我的亲人呢，衣食父母。"说着，划着小船来到江心。

宋江没听出话里有话，还以为这下得救了呢。闹了半天这艄公也是个专门在水上劫道的绿林好汉，非逼着宋江三人跳水。宋江三人磕头告饶，也不行。

"少啰嗦！跳不跳？不跳我可动手了！那你们连全尸可都没了。"一晃刀，这就要动手。就在这紧关节要的时候，忽见另一艘快船划过来了。上面正是"混江龙"李俊带着童威、童猛赶到。原来这个李俊晚上出来运私盐，一见这场景，赶紧把这水上大盗拦下。原来这水盗便是李俊结义的兄弟，人送绰号"船火儿"张横。张横也赶紧拜见宋江。

张横听说宋江刺配江州，就叫他带封信给在江州卖鱼的弟弟——“浪里白条”张顺。张横写了信交给宋江，大家又乘船回岸。

岸上那地头蛇兄弟还没走呢。一介绍，才知道这两位是当地的富户，一个叫“没遮拦”穆弘，那挨打的叫做“小遮拦”穆春。两个人赶紧给宋江跪倒谢罪，把“病大虫”薛永也给放了。然后，穆氏兄弟带着大家来到自己庄上，设排筵宴。

又住了几天，宋江启程告辞。一路顺风，来到江州府衙门。这个江州知府，姓蔡叫蔡得章，是太师蔡京的第九个儿子，所以，江州的人都叫他蔡九知府。这人贪赃枉法，搜刮乡民。蔡九简单问了几句，就把宋江打入牢城营了。

宋江上下打点，终于见到了江州两院押牢节级——“神行太保”戴宗戴院长。戴宗接到好朋友吴用的信，对宋江关照得无微不至。先给宋江安排了个单间，然后说：“走！哥哥，小弟带你喝酒去。”

宋江和戴宗来到江州城里，找了个酒楼正喝酒呢。突然听到酒楼下面一阵吵嚷。这时候，店小二进来了：“戴院长，您快去看看吧。那个经常跟着您走的李铁牛又在下面拉着人家借钱呢。谁也劝不住他！”

戴宗一听笑了：“哥哥，你稍候片刻。我下去看看。”时间不长，拉上来一个人。宋江一看，呵！这家伙，大高个，黝黑黝黑的，呆呆愣愣，鲁莽天真。戴宗给宋江介绍：“哥哥，这位是小弟身边牢里一个小牢子，姓李名逵，小名李铁牛，人称‘黑旋风’！因为打死了人，逃出来流落在此。他使两把板斧，功夫了得！”

李逵问戴宗："哥哥，这黑汉子是谁啊?"

戴宗忙对宋江说了："他不知礼数，哥哥见谅!"又对李逵说："铁牛，这位就是你经常嚷嚷着要去投奔的义士哥哥。"

"啊！难道你就是山东'及时雨'宋江?"

宋江看他天真可爱，点头微笑："我正是山东黑宋江。"

"扑通"一声，李逵倒身就拜。宋江赶紧把他拉起来。

宋江邀二人去江边喝酒看江景，戴宗说："好哇！前面靠江有个琵琶亭酒馆，是唐朝白居易的古迹。"

三个人来到琵琶亭，宋江知道李逵酒量大，让店家给他拿了一个大海碗，李逵心里美滋滋的。正巧宋江嫌鱼汤不是鲜鱼熬的，李逵一听，跑出去了。

李逵一口气跑到江边，张口管船上的渔人要活鱼，人家说渔主人还没回来呢，我们不能卖。李逵不管这套，"噌"的一步，跳到渔船上去抓人家船底的鱼。他又不懂人家船上的机关，伸手一拔竹篾子，把鱼全放跑了。

这一下，他可闯祸了，七八十个渔人拿着竹篙都过来打他。李逵最不怕打架了，这些渔人根本不是李逵的对手，被打得吱哇喊叫，撑船纷纷散开，李逵也上了岸。

这个时候，有人喊："主人来了!"李逵一看，走过来一个穿一领白布衫的汉子，手里提杆行秤。渔人跟他把李逵的事儿一说，这人勃然大怒。

"哪来的黑野人在这里闹事儿?"李逵是来多少人都不怕的主儿，抡起他刚缴获的竹篙奔那个人就打去了。那个人一把抓住竹篙，竟给夺过去了。李逵顺势扑过去，一把揪住了那人的头发。那人赶紧扔了竹篙，抱住李逵的腰，想把李逵给摺倒。可是他没李逵的力气大啊，一摺没摺动。李逵往下一使劲，就把这人给按那儿了。抡拳照着这人的后背，就是一阵乱捶。

幸好宋江、戴宗赶来，李逵这才放了手。那个人趁机一溜烟走了。戴宗正埋怨李逵呢，就听远处有人喊："那黑杂种！有能耐你别走！今天咱们就见个输赢胜负！"

李逵回头一看，就见刚才那个人脱得精光，露出一身雪白的肌肉，独自一个人拿着竹篙撑着一只渔船。李逵闻听，撇了布衫，跳上船去，抡拳就打。那个人一看李逵上船了，微微一笑，用竹篙往岸边一点，就见那只渔船，奔江心而去。

"请喝水！"那人说着，两脚把船左右摇晃，船翻了，"扑通"两人全落水了。到了水里，李逵只能任人家摆布了。只见碧浪中间，一黑一白，两个打作一团。那人捶打够了，按着李逵的头，一个劲儿地给他灌水。江岸上的那些渔人无不喝彩称快。

宋江正央告人去救，戴宗问旁边一人："这白大汉是谁啊？"人家告诉他："这就是本处卖鱼的主人，'浪里白条'张顺。"

宋江一听，从怀中取出了张横的书信，跑到江边就喊："嗨——张顺别打了，我这儿有你大哥张横的书信，你快来一看！"

博闻馆

禁军和禁军教头

我们前面讲到林冲是八十万禁军教头。禁军教头是什么官职呢？

北宋称正规军为禁军或禁兵。从各地招募，或从厢军、乡兵中选拔，由中央政府直接掌握。除防守京师外，还会分别调戍各地。将领不能拥有独立的兵权，每调动一支军队，都须枢密院颁发兵符。禁军士兵实行募兵制，且沿袭五代梁时的定制，文面刺字，社会地位低于一般百姓。一旦入伍，终身服役，直至老疾退役。

宋开国之初禁军有二十万左右，以后则愈增愈多，至北宋中叶，禁兵增至八十多万人。北宋禁军分为马军、步军、弓军三科，分别设置教头，之上又设置总教头。

禁军教头指的就是宋代军队中教练士兵武艺的军官，有“教头”“都教头”之别。都教头是总教官，单称“教头”的是一般教官。

林冲虽然是八十万禁军教头，地位仍然不高。

题诗浔阳楼

却说张顺看了哥哥张横的信，这才知道面前的这位就是大名鼎鼎的“及时雨”宋江，赶紧施礼。李逵也给众人拽上岸来，倒空了水，就没事了。张顺知道宋江想吃新鲜的鱼，就拿了几条，弟兄四人又来到琵琶亭，喝酒欢谈。

自此宋江在江州住下，与几位朋友游玩、喝酒，过得挺自在。这天宋江的几位朋友都不在，他便独自来到浔阳楼。这浔阳楼可是个高雅所在，楼牌是苏东坡题的字。楼门边朱红华表柱上写着一副对联，上联“世间无比酒”，下联写“天下有名楼”。宋江迈步登楼，找了个看得见江景的阁子坐下，点了几壶酒和有名的小吃。不一会儿，酒菜齐备。宋江看着珍馐美味，朱红盘碟，不禁心里称赞：好个江州啊！我虽然是犯罪远流到此，但在这里也看到了真山真水，不枉此行！

宋江想到这里，伸手拿酒壶自斟自饮，喝到兴头上，诗兴大发。宋江叫酒保取笔砚来。接笔在手后，就在白粉壁上写了一首《西江月》：

自幼曾攻经史，长成亦有权谋。恰如猛虎卧荒丘，潜伏爪牙忍受。　不幸刺文双颊，那堪配在江州！他年若得报冤仇，血染浔阳江口！

宋江写罢，一看下边还有一块空白呢，又多题了一首七言绝句。

心在山东身在吴，飘蓬江海谩嗟吁。
他时若遂凌云志，敢笑黄巢不丈夫！

江西九江浔阳楼

宋江写罢诗，又在后面大书五个字：郓城宋江作。写完了，"啪"把毛笔就给扔桌子上了。宋江算完了酒账，拂袖下楼，回到牢城营自己的单间，睡了。

话说江州对岸有一个通判，名叫黄文炳，却是一个阿谀谄上之徒。他跟蔡九知府关系不错，专给他出主意害人。所以，老百姓背地里都管他叫做"黄蜂刺"！

这黄文炳来到了浔阳楼上，看见墙上的题诗。宋江那两句"他时若遂凌云志，敢笑黄巢不丈夫！"让黄文炳有了些想法：你还要赛过黄巢，想造反吗？一看诗后还有落款，黄文炳就跟酒保打听，是什么样的人写的？酒保说：是个脸上有两行金印的黑胖子，多半是牢城营里的人。

黄文炳向酒保要了笔墨纸砚，把这两首诗抄下来塞进袖子里，吩咐酒保："这两首诗在这儿你别给我擦了，我还有用！"黄文炳下楼走了。

第二天黄文炳揣着诗，来见蔡九知府。闲聊几句之后，黄文炳就从袖子里取出了宋江的那两首诗，呈给了蔡九。

蔡九接过来一看："这是首反诗呀！要血洗我浔阳，还要做黄巢。谁写的？"

"这个写诗的人叫宋江。您看，他写着呢——郓城宋江作！这人脸上有金印，定是牢城营里的人。"于是蔡九知府拿来牢城营花名册一查，果然有个宋江。

蔡九立刻传来了两院押牢节级戴宗："戴宗！你带着人赶紧去牢城营里捉拿浔阳楼吟反诗的犯人，郓城县的宋江，不可违误！快去！"

戴宗听了，大吃一惊。这是公务哪，所以他不敢怠慢，赶紧让差役集合。他自己呢，先到了牢城营见宋江去。戴宗腿快呀，所以才叫"神行太保"呢。进了宋江的单间，见宋江正在房里看书呢，戴宗赶紧说："大哥，出事了，前天大哥在浔阳楼上写下什么反诗了没有？"

经戴宗这么一提醒，宋江模模糊糊觉得好像有题诗这么回事儿。

"啊……嗯……好像有吧。我喝醉了，也不知道写了些什么。"

"黄文炳黄通判拿着你写的诗告到知府那里，说你写下反诗。让我带人抓你呢！”

“哎呀！”宋江一听着急了，“这可怎么办啊？”

戴宗说：“为今之计，哥哥，你只有装疯。我把你带回去，蔡九知府一看你是个疯子，疯子写的诗，谁相信？也没罪了。你就躲过这一场大难了。”

“好。”宋江答应了。

“你可得装得像点儿！”戴宗交待好了，赶紧回去。

一会儿的工夫，戴宗就带着差役来抓宋江。这时的宋江已装起疯来，房里尿屎泼了一地，污秽不堪，臭气熏人。宋江披头散发，席地而坐，身上也污秽不堪。翻着白眼珠，手里拿着一只破鞋，还在那儿一边说一边拍打着：“我是玉皇大帝的女婿！玉帝教我领十万天兵来杀你江州人。阎罗大王做先锋！五道将军督后阵！给了我一颗金印，重八百多斤，杀尽你们这般鸟人！哈哈哈……”

戴宗手下的差役一看这个样子，都说：“这不是个疯子么？咱们抓他干嘛？”

戴宗说：“是啊！咱们回去回话吧。”

戴宗等人回去交差，一说宋江是个疯子，蔡九“噢”了一声。要依着蔡九就算了，可是黄文炳是老奸巨滑，偏不信，非要自己看看不行。他说了：“别听他们的，我看这个人是装疯！大人，把这人给抬来，大刑侍候！是真疯，是假疯，一验便知！”

“唔！对，把宋江带来！”蔡九命人提人。

这下，戴宗没办法了，把宋江装到竹筐子里抬上堂来了。宋江还装呢，“我是玉皇大帝的女婿，我有八百斤的金印！”只可惜，在黄文炳面前，有什么金印都不好使了。

“给我打！”一声令下，把宋江翻倒在地，“噼哩啪啦”五十板子，打得宋江一佛出世，二佛升天，皮开肉绽，鲜血淋漓。最后，宋江扛刑不过，只能承认：“酒后误写反诗！”

“怎么样？”黄文炳说，“大人，我说的没错吧？”

“真有你的！来啊，把宋江用二十五斤死囚枷夹了，打入死牢！”

宋江被打入死牢了，黄文炳立刻修书一封，把事情一写，要派人把这封信送到京师太师府。派谁去呢？戴宗天生的飞毛腿，日行一千，夜走八百，比那千里马跑得还快呢。所以就派戴宗去！

戴宗拿了书信，安排了李逵，对李逵说：“我要出差了。你留下来好好地照顾大哥。”

“宋江哥哥怎么了？”李逵还什么都不知道呢。

“唉！宋江哥哥误题了反诗，打入死牢了！”

“什么？题了反诗打什么鸟紧！他们那些谋反贪赃的都做了大官！”

“你别说那么多了，好好地照顾大哥。你千万不要贪酒耽误了大哥的饮食。”戴宗把事情一一交待给李逵。

“哥哥放心。俺铁牛从今天开始断酒了，就好好伺候俺宋江哥哥！”

“别让其他人欺负大哥。”

“谁他娘敢！哪个活腻歪了，敢动俺宋江哥哥，我拿斧头砍他娘的！”

戴宗说：“万事不要鲁莽！”嘱咐了半天，这才辞别了宋江、李逵，离开江州，按公务他应直奔东京才是，可是戴宗没去东京，而是去了梁山泊。

戴宗飞奔到梁山泊，见到晁盖等人，把宋江下狱的经过说了一遍。

“哎呀！”晁盖着急了，“这可如何是好！”

吴用说：“没关系！我有一计可救宋大哥！”他找来了“圣手书生”萧让、“玉臂匠”金大坚。这二人一个是能写各种字体，模仿任何人的笔迹都丝毫不差，另一个会刻各种图章，包括官印，完全可以乱真。吴用就让萧让模仿蔡京笔体伪造了一封书信给蔡九，又让“玉臂匠”金大坚刻了蔡京的印章盖上去，让戴宗带着回归江州，以蔡京的名义，骗蔡九把宋江押往东京。然后，梁山好汉要在半道之上，砸囚车劈木笼！

戴宗带着这封信回去了。戴宗一走，吴用突然大叫：“坏了，是我害了他们，他这一去，恐怕宋江救不出来，戴宗也完了。”可是再追戴宗，没人能追得上了。吴用只得再想计策。

博闻馆

浔阳楼

浔阳楼，因九江古称浔阳而得名。它位于今天的江西九江市九华门外的长江之滨。初为民间酒楼，至今已有一千二百年的历史。浔阳楼始建年代已不可考，浔阳楼的名称较早出现在唐代诗人韦应物的诗中。曾做过江州刺史的韦应物在《登郡寄京师诸季、淮南子弟》一诗中说：“始罢永阳守，复卧浔阳楼。”

由于九江自古以来就是长江南岸一处交通要道，雄距江畔的浔阳楼也历来是名人云集之地。除韦应物，白居易、苏轼等名人都曾登楼题咏，留下许多脍炙人口的佳句。浔阳古楼飞檐雕画，分外壮观，雕檐外高悬一面匾额，乃是宋代大文豪苏轼所写的“浔阳楼”三字。据说当年苏轼本想题“浔阳酒楼”四字，但不慎墨污“酒”字，于是将错就错，干脆去掉“酒”字，反而更加大气了。

更使浔阳楼出名的则是古典名著《水浒传》，小说中的宋江题反诗、李逵劫法场等故事使浔阳楼名噪天下。

好汉闹江州

戴宗带着假信回去，交给蔡九知府。蔡九打开信一看，就想按信上说的把宋江押解到东京。黄文炳拿过信来一看："大人！这信是假的！"

"这是家尊的笔迹呀？"

"大人，如今天下盛行苏、黄、米、蔡四家字体，谁不会模仿？且不论这个笔迹，就这枚印章就是假的！您看上面刻的是'翰林蔡京'。这分明是老太师当年做翰林学士时用的。如今升成太师丞相，怎么还能用这枚印章呢？再者说了，这是家信，父亲给儿子写信，哪有盖章的道理？"

贯华堂本《水浒传》插图：宋江和戴宗

蔡九一听："对呀！来人，把戴宗叫来。"

戴宗来了，蔡九就问自己父亲家里的细节，戴宗根本没去太师府，没一句答对的。蔡九立刻叫人把戴宗押下去，一顿严刑拷打。戴宗挺刑不过，就招认说："我被梁山贼寇给抢了，丢了给太师的礼物，我怕回来没法交待，所以造了封假信。”

蔡知府命人把戴宗用大枷夹了，下在大牢。

黄文炳说：“大人！看来这个事儿梁山贼寇已经知道了，得赶快把宋江、戴宗给处决了！免生意外！”

蔡九一听：“对呀！把这两个人的口供连在一起，立了文案，送到朝廷请功。然后把他们俩押到市曹处斩！”

过了几天，蔡九先差人去十字路口打扫了法场，饭后点起士兵和刀仗刽子手，约摸有五百多人，来到十字路口，蔡九今天要亲自监斩。宋江、戴宗喝了断头酒，吃了断头饭，被带到法场之上，头插斩标，跪在那里。等待午时三刻，开刀问斩。

法场周围，围观群众有两千多人，把法场围了个水泄不通。宋江、戴宗只有叹气的份儿了。

蔡知府坐在监斩棚中，一看围观的人太多，命令差役：“别让这些人进到法场之内。”

法场东边，来了一伙要饭的叫花子，端着破碗、拿着棍棒，披头散发、满身污垢，往里挤着想看热闹。西边又来了一群打把式卖艺的，一个个挑着把式筐子、拿着花刀花枪流星锤，也簇拥着往里挤。南边是一伙挑担的脚夫，挑着扁担，一边一个箩筐，横冲直撞就进来了。北边来了一群推车的，车上盖着草。他们也伸着脖子，推着车往法场里挤。

这时下人来报蔡知府：“报！大人！午时三刻已到！”蔡九一听，伸手拿出一个签子来，往地下一丢：“斩！”这句话一出，两个刽子手把宋江、戴宗脑袋后边的标一摘，举起了鬼头刀。

“嗨!”刀举起来，耳轮中就听见一声喊喝：“呀!”这一嗓子，如同惊雷一般。因为声音是从上边下来的，法场的路口，有一座三层高的茶楼。众人就觉得眼前黑影一闪，从上面跳下来一位彪形大汉，光着膀子，双手握着两把镔铁板斧。这黑大汉“扑扑”两斧子，把两个刽子手就给劈了。然后一转身：“你这个鸟官，敢杀俺大哥，我要你的命!”抡双斧奔蔡知府就劈过去了。

蔡九吓得哆嗦着喊：“快快挡住!”士兵一看有人劫法场，都奔着这个人过去了。这黑大汉正是“黑旋风”李逵。

与此同时，东西南北那群人，要饭的、卖艺的、挑担的、推车的也行动起来。午时三刻时分，只听见一位推车的客人，取出一面小锣，“当当当”敲了三下，四面八方便一拥而上，不想被那使板斧的黑大汉占了先机。原来这一些人都是梁山好汉装扮的。

前面说到那戴宗前脚带着书信一走，吴用后脚就琢磨过来了。可是追戴宗是来不及了，大家一商量，只有劫法场这一条路了。于是晁盖分兵派将，让林冲留守山寨，他自己亲自带着花荣、黄信、吕方、郭盛扮成推独轮车的客商，燕顺、刘唐、杜迁、宋万扮成打把式卖艺的，挑担的是朱贵、王英、郑天寿、石勇，扮叫花子的是阮小二、阮小五、阮小七和“白日鼠”白胜。取生辰纲之后，白胜被抓，如今早被梁山救出来了。这四路一共是十七位英雄。那敲锣的正是晁盖晁天王。

大伙儿听见锣声，要饭的从竹竿里面抽出刀枪；挑担的从箩筐里面拿出刀剑；推小车的从草底下把刀枪也拽出来了；卖艺的本来手里就拿着花刀花枪，大伙儿便一齐动手，奔着当兵的后背就砍刺过去。当兵的谁也没想到背后这些人也是劫法场的。梁山好汉们还带了不少精明强干的喽啰兵。晁盖、花荣两把朴刀，杀了条血路出来，趁当兵的正对付李逵，领两个喽啰兵带刀冲上去，“唰唰”把宋江、戴宗身上的绳索割断，背起两个，调头就跑。

当兵的一看这边把宋江、戴宗抢走了，又都冲过去追梁山好汉。李逵正追蔡九呢，一看宋江被人背走，他着急了：“放下我哥哥!”拔腿就追。谁挡他路，他抡起斧子就砍。李逵手中两把板斧上下翻飞，见人就杀，逢人就剁，被砍死的不计其数，有官兵，也有百姓。李逵追上来，想把背宋江的人给劈了，见他们也跟官兵打起来，才知是救宋江的，便用一对板斧在前方开路。

晁盖指挥众好汉掩护宋江和戴宗，跟黑大汉一起杀出城去。走了大约六七里，浔阳江横在面前，没有旱路。还是黑大汉把众人引到白龙庙里暂歇。

众人把宋江、戴宗背进庙里歇下，宋江睁眼见是晁盖等人，不禁哭起来：“哥哥！莫不是做梦吧?”晁盖赶紧安慰。花荣拿了干净衣服给二人换了。宋江命李逵与众梁山好汉一一相见。

前面有浔阳江拦路，后边有官军追赶堵截。众人正在踌躇，李逵说：“没事儿！咱们再杀进城去，杀了那个鸟知府，跟他们拼了!”

戴宗说：“别糊涂了！江州城有六七千军马，我们这些人根本打不过!”大伙儿正着急，江面上出现了三只大船。

阮氏兄弟跳下江去，想要泅水夺船。

不想船上之人正是“浪里白条”张顺，还有张横、穆弘、穆春、薛永、李俊、李立、童威、童猛，带着各自的人前来接应。原来这些人也是得了消息，聚在一起杀入江州，去搭救宋江的。宋江在岸上便认出了张顺，连忙招手喊：“兄弟，快来救我！”张顺听见，命众人把船靠在岸边。这船队来得太巧了。

船上众英雄赶紧过来拜见晁盖。晁盖一看，今天聚了这么多的英雄，非常高兴，一数总共二十九条好汉，真是“白龙庙小聚义”呀！

就在这个时候，四面官军杀过来了。晁盖一晃手中鬼头刀：“各位兄弟！杀尽江州军马，同回梁山！”众英雄齐声应道：“遵命！”便一齐杀奔江州岸上来。李逵跑到最前头，抡着双斧，一通斩杀。后边花荣、黄信、吕方、郭盛四将紧紧跟着，再往后是晁盖、三阮、张顺、张横、李俊、李立、童威、童猛、穆弘、穆春等等英雄一起而上，一直杀到江州城下。江州官兵赶紧关闭城门，不敢出来。

众好汉大获全胜，回到揭阳镇。可是那害宋江的黄文炳还逍遥着呢，宋江得报仇呀。这时候，在薛永的引荐下，黄文炳家的裁缝“通臂猿”侯健入伙了，在他的里应外合之下，梁山义军杀了黄文炳满门家小，活捉了黄文炳，让李逵一刀一刀给活剐了！

黄文炳的家产运往梁山，穆弘、穆春兄弟把自己家的财产也收拾了。大家伙儿分五路回归梁山。这一次，宋江算是彻底地落草了，也没别的退路了。

队伍经过黄门山，又收了黄门山的四个寨主入伙，他们是“摩云金翅”欧鹏、“神算子”蒋敬、“铁笛仙”马麟、“九尾龟”陶宗旺。

回到梁山，晁盖非让宋江坐第一把金交椅，宋江说什么也不肯。最后，晁盖还是坐第一把，宋江坐了第二位，吴学究坐了第三位，公孙胜坐了第四位。往下：林冲、刘唐、阮氏兄弟等等，一共是四十位头领。

梁山泊大排筵宴，李逵最高兴了：“我看就该造反！推倒大宋那个鸟皇帝！”大伙儿全乐了。

博闻馆

宋代的官印

这一回中吴用把精通篆刻的“玉臂匠”金大坚赚到水泊梁山，让他刻了蔡京的印章盖在假冒蔡京的信上。那咱们就看一下宋代的官印吧。

宋朝官印制度，是与中国古代官印制度一脉相承的。官印制度发展到宋代，已十分成熟和完备。国家设置了专门的铸印机构——少府监和文思院，并且制定了严密的管理措施。

宋代官印是由宝、印、记三部分构成的。帝、后及太子之印称“宝”，各级军事、行政机构之印称“印”，他们的属吏及诸军将校之印称“记”“朱记”。

宋代官印的一大特点就是质料的简单化。在宋代，除皇帝“御宝”有用玉、用金之别外，其他官印基本上为铜铸。

李逵遇李鬼

宋江彻底入伙了，就担心起自己的父亲在家不安全，于是晁盖派人，把宋太公和“铁扇子”宋清接到了梁山泊。“入云龙”公孙胜也想起了自己的老母还在蓟州，便告辞下山探母。看见别人都接了家眷来，“黑旋风”李逵放声大哭，宋江忙问怎么回事。

李逵说：“你们这个也去接爹，那个也去接娘，难道俺铁牛就是从土里钻出来的？俺就没娘了么？”大伙儿一听乐了。

李逵家里还有一个老娘，哥哥李达在别人家做长工，一年赚不了几个钱。李逵就想把娘接上山来。宋江担心李逵是天下通缉的要犯，出去被人认出来，但李逵执意要去，宋江便跟他约法三章：“第一，出去后不能喝酒；第二，不允许在路上耽搁；第三，两把板斧不能带。”因为这标志性武器太容易暴露了。李逵一听：“俺都答应！”

李逵改挎了一口腰刀，提条朴刀，带了一锭大银子，几锭小银子，告辞下山了。宋江怕李逵有闪失，因“旱地忽律”朱贵也是沂水县人，宋江就让朱贵去沂水县暗地保护李逵。朱贵奉命下山，来到沂水县，他在这儿有个兄弟，也开酒馆，叫做“笑面虎”朱富，朱贵就在兄弟家住下。

李逵虽动身早，但他没有朱贵路熟，所以朱贵晚走早到，守着城门等李逵。李逵来了，在城门人群当中看通缉令呢。其实李逵没看懂，他不识字，还觉得墙上这人有点儿像自己呢。朱贵赶紧把李逵给拽到酒店里去，不许他白天出门。到了五更时分，李逵戴上毡笠儿，提了朴刀，挎了腰刀，别了朱贵、朱富，借着晓星残月，走小道直奔百丈村。

走了十多里，天色渐亮。李逵正走着，突然树林里窜出来一条黑脸大汉，手里拎着一对板斧，大吼一声："呔！此山是我开，此树是我栽，要打此路过，留下买路财……"

李逵一看这人，跟自己还挺像，也拿着两把斧子，不过这斧子却小了一号。

"你是谁啊?"李逵冷笑着问了一句。

"俺就是血洗江州城的'黑旋风'李逵!"

李逵听见说这是个山寨版自己，生气了："你胆敢假冒我的名号在这里打劫!"说着抡刀就砍。

这位假李逵一看，大吃一惊。平常他一报李逵的姓名，一晃这对盗版斧子，过路的乖乖给钱，今天这位怎么敢砍他！他哪挡得住李逵呀？屁股中了一刀，摔倒在地，被李逵一脚踩住，山寨李逵直叫饶命。

"我告诉你，我才是江湖上的好汉'黑旋风'李逵呢!为何在此冒充俺的名号做这劫人的勾当？我杀了你!"说话李逵一举刀，就想剁。

吓得假李逵杀猪似的乱叫："别杀！好汉饶命！我本来不想劫道，无奈家中有九十岁的老母，无人赡养，老母又生了病。我本名叫李鬼，知道爷爷您的名声大，故此我装扮成您的模样在这里打劫。其实没想伤害人，本想着一报您的大名，吓唬吓唬人，夺些钱财，回家赡养老母。没想到，第一次就撞上您了。您要是把我杀了，我老母亲肯定病死饿死。这不是一刀二命么?”

李逵一听，原来这是个大孝子呀，打劫是为了养活母亲。李逵虽然杀人不眨眼，想起自己的母亲，便对这孝子李鬼生了恻隐之心，就说：“以后不许你再做这伤天害理的勾当!”

“是！再也不敢了!”李鬼哪敢不答应。

李逵一伸手摸出了十两银子：“把这个拿着，回去做个小本买卖，好好孝顺你娘!”

李鬼见了银子，十分欢喜。磕头拜谢了李逵，拿着银子走了。李逵做了件好事，心里也挺高兴。

李逵继续向前走了一段路，肚子饿了，可惜这山洼里没有打尖住店的地方。忽然看见有两间草屋，李逵推门进去，想在这户人家吃顿饭。一看有个妇人，李逵把来意说了，给了她一贯钱，让那妇人做饭去。李逵自己出去方便了一下，回来的时候，“咦?”看见刚才那李鬼进屋了。李逵便住了脚步，听里面说话。原来，李鬼刚才说的话全是假的。他家里根本没有老娘，这妇人是他老婆。他回家来把遇上真李逵的事一说，他老婆便说：“哎呀，刚才来了一个黑大汉，估摸就是李逵。干脆咱们把他用蒙汗药药倒，交给官府领赏!”李逵一听，大怒。“咣当”踹开门，一刀把李鬼剁了。他老婆撒腿就跑，李逵也没追。

李逵踱到厨房里，见饭已做熟了，就饱餐一顿，继续赶路。黄昏时分，来到自己的家。推开门，见到了自己的老娘。自从李逵犯事跑了以后，他母亲想念儿子，把眼睛都给哭瞎了。母子重逢，抱头痛哭。李逵没敢说自己到梁山落草了，怕老娘害怕不敢去，就说自己在外边当官发了大财，要接老娘去享清福。老太太一听可高兴坏了："好！等你大哥回来，咱商议一下。"

"哎呀，娘啊，商议什么？我背着您咱这就走了！"正说话呢，李逵的大哥李达来了。

这李达给地主做长工，这些年独自一个人赡养老娘，对自己的这个弟弟真有些气。因为当年，李逵有命案在身，他跑了，李达被人家抓住了，关进监牢好几个月，受了不少罪。现在又知道弟弟杀官造反，上了梁山，官府正在捉拿他呢。一看兄弟回来了，还要带老娘走，李达气坏了，不让老娘跟李逵去。一争执，李达不是李逵的对手啊，一气之下，他一跺脚："家门不幸！你这是要害了咱们老李家一家啊。你等着！"他找人去了。干嘛？一起抓李逵。别因为这一个兄弟，一家人受牵连。

戴敦邦绘"李逵探母"

李逵一看李达走了，"不行，娘啊，我大哥肯定找人来抓我了。咱们赶紧走！"说着留下五十两银子给大哥，然后背起老娘就走。老太太问："你背我上哪儿去啊？"

李逵道："娘，您别问了。跟着儿子走，享福去了！"背着老娘，提了朴刀，出门走小路就下去了。

到了沂岭之上，老太太口渴了，让李逵去找点水来。李逵把老太太放在岭上松树边一块大青石上，朴刀插在地上，找水去了。

李逵看山中有溪水，便把旁边一座山神庙里的石香炉搬过来，刷干净，盛了一香炉水，捧回去给老娘。

可他回到树下一看，老娘不见了，地上血迹斑斑。顺着血迹一找，找到了一座山洞，里面有两只小老虎。天哪！老娘命丧虎口！李逵抡起朴刀，把两只小老虎杀死在洞中。正在这个时候，一只母老虎回来了。李逵又是一刀，砍死了母老虎。刚出洞，公老虎又回来了，他们看李逵，就猛扑过来，李逵一蹲身子，把刀一举，正好捅在老虎的胸上。老虎疼得一歪身，掉到山下面去了。这便是李逵"沂岭杀四虎"。

李逵在山洞里找到老娘的残骸，就在那个山神庙后面埋葬了，他本来想把老娘接走享清福，没想到却把老娘送进了鬼门关，于是大哭了一场。哭过之后，走下山岭。半道上碰见捕捉老虎的猎户，他们看李逵一身血，一问，李逵便把经过说了一遍。众人不信，李逵又带着他们到老虎洞看了。

猎户们一看，果然是真，大喜，一齐抬着老虎、带着李逵要去请赏。下山到了一个庄上，庄主曹太公热情招待，设摆酒宴，猎户们也陪着李逵喝酒。不想这曹太公的女儿就是那李鬼的老婆。李鬼他老婆曹氏跑回娘家，听说有个杀虎英雄，过来一看，认出了他正是那个差点杀了她的"黑旋风"！

她跟她爹一说，曹太公心想：这黑大汉就是官府悬赏捉拿的李逵呀？太好了！曹太公就把李逵给灌醉了，绑起来，报告给了官府。

知县一听，赶紧让本县都头“青眼虎”李云带着官差到曹大户家把李逵拿到县衙。消息很快传遍了整个县城。朱贵、朱富兄弟也听说了。可巧李云是他们的师傅，私交不错。于是，朱氏兄弟想了个计策，带着伙计、拿着酒肉在半道上等着“青眼虎”李云。酒里肉里都下了蒙汗药。

李云一看是徒弟来贺喜，又带着酒肉，就没有防备，只是他不大喝酒，只勉强喝了些。朱家兄弟又把酒肉分给他带的兵，那些兵也不防备，把酒肉一抢而空。李逵认出了朱氏兄弟，知道是来救他的，也大声要酒喝。朱贵呵斥他：“你是犯人，哪有酒给你吃呀!”李云和众兵士都中了蒙汗药，晕倒在地。

朱贵、朱富救了李逵，李逵大怒，“噗噗”两刀，杀了曹太公还有李鬼的老婆。李云酒喝得不多，最早醒过来，立刻来追赶李逵。大家有意拉他入伙，朱富早在半道上等着了。李云一看朱富，抡刀就砍。李逵上来了，和李云大战几十个回合没分胜负。最后，还是朱富给拉开了，跟李云说：“师傅，现在您丢了李逵，还有几条人命。您回不去了。要想回去，除非抓住我们。所以，你回去就得吃官司。干脆，跟我们一起上梁山入伙得了。”李云一想，活捉李逵不现实，回去肯定吃官司。于是朱贵、朱富、李逵、李云四个人一起上了梁山。

博闻馆

宋徽宗的绘画及书法

宋徽宗，名赵佶（公元1082—1135），在位二十五年。后传位给儿子宋钦宗，自称“太上皇”。公元1126年底，金兵攻破汴京，1127年3月徽宗父子被押到北方，北宋灭亡。宋徽宗被囚禁了九年，终因不堪精神折磨而死于五国城，享年54岁。

宋徽宗在位期间，生活奢华，荒淫无度，最终导致爆发方腊领导的起义和宋江领导的起义，是有其必然性的。

徽宗是个不合格的皇帝，却是个很优秀的艺术家。他自幼爱好书法、绘画、诗词、骑马、射箭、蹴鞠，对奇花异石、飞禽走兽有着浓厚的兴趣，尤其在书法绘画方面，更是表现出非凡的天赋。他下令开设“画学”，专门培养绘画人才，后来又将画学并入翰林书画院。这一举措，对宋代绘画人才的培养发挥了重要作用。

宋徽宗的艺术成就，以他的花鸟画为最高。赵佶艺术的独创性和对后代的影响力，也主要体现在他的花鸟画中。他的花鸟画的构图，匠心独运。写实的技法和诗、书、画、印结合的作品都具有独特性。如《鸜鹆图》，虽然画中所撷取的都是自然写实的物象，但由于物象意念安排得巧妙和独特，从而暗示出超出有限时空意象的无限理想化的艺术世界。

宋徽宗是工笔画的创始人，花鸟、山水、人物、楼阁，无所不画。他的画构思巧妙，用笔挺秀灵活，舒展自如，充满祥和的气氛。

宋徽宗绘《芙蓉锦鸡图》

瘦金体是宋徽宗赵佶创造的书法字体，亦称“瘦金书”或“瘦筋体”，也有“瘦金体鹤体”的雅称，是楷书的一种。宋徽宗早年学薛稷、黄庭坚，并参照褚遂良等诸位书法家的特长，终于成就了自己的独特风格。瘦金体的特点是瘦直挺拔，横画收笔带钩，竖画收笔带点，撇如匕首，捺如切刀，竖钩细长。有些字的连笔处像游丝行空，已经比较接近行书。宋徽宗的书法渊源是褚遂良和薛稷，而笔法上比他们更加瘦劲。结体笔势取黄庭坚大字楷书，舒展劲挺。

瘦金体的运笔飘忽快捷，笔迹瘦劲，至瘦而不失其肉，转折处可明显见到藏锋、露锋等运转提顿的痕迹，是一种风格相当独特的字体。以形象论，这种字体本应称作“瘦筋体”，把“筋”改成“金”，是表示对皇帝书法的尊重。

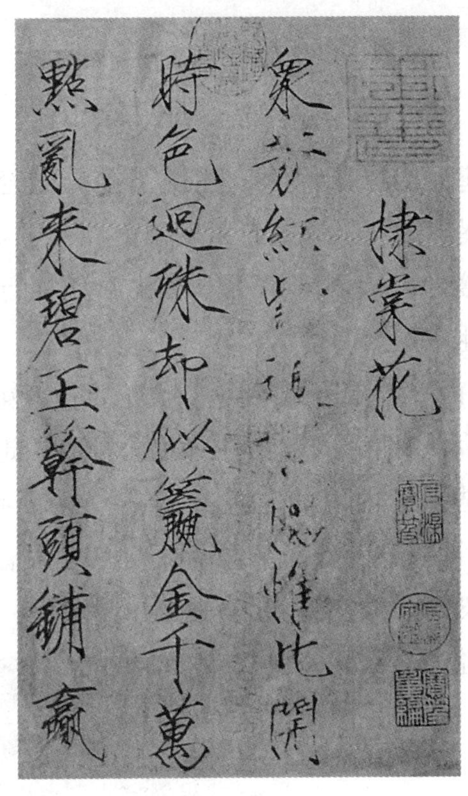

宋徽宗瘦金体书法

劫牢反登州

李逵上山见了众人，述说了接母的经过，放声大哭。宋江、晁盖赶紧安慰。算一下日子，“入云龙”公孙胜接母也该回来了。宋江就派“神行太保”戴宗去寻找公孙胜，打探消息。

戴宗下山了，半路上碰到了一位正要投奔梁山的英雄叫“锦豹子”杨林。两个人就结伴寻找公孙胜。走到了饮马川这个地方，结识了山上的三位寨主，“铁面孔目”裴宣、“火眼狻猊”邓飞、“玉幡竿”孟康。三个人有心带着山上的人马投奔梁山。戴宗自然是高兴了，他说：“我们先去找公孙胜，回来咱们一起去梁山。”

贯华堂本《水浒传》插图：孙新和顾大嫂夫妇

就这样，戴宗、杨林来到了蓟州城，找了家酒馆吃饭。正这个时候，两院押狱“病关索”杨雄正被七八个地痞困住手脚，眼看就要吃亏，这时，来了一个小伙子，人称“拼命三郎”石秀，路见不平一声吼，把那群小地痞打散，杨雄撒腿追过去了。戴宗叫住石秀，说明了自己的身份，赠了银两给石秀，告诉石秀："你要有意，可到梁山入伙！"

几人就此别过，戴宗一行没有找到公孙胜，便会同裴宣、邓飞、孟康，带着喽啰兵上了梁山。

再说杨雄感激石秀相救，二人结为兄弟。杨雄就把石秀带到家里。不想，杨雄的妻子潘巧云不守妇道，被石秀发现，她怕石秀说出来，反而陷害石秀对她不轨，兄弟友情从此疏远。石秀便把偷偷和潘巧云幽会的和尚杀死在杨雄家后院。杨雄审问了潘巧云，问明事情经过，杀了妻子和丫环，与石秀一起投奔梁山。

路上又遇着了一个神偷——"鼓上蚤"时迁，三人结伴上山。一行在祝家庄投店，因时迁偷吃了店家的鸡，伙计叫了庄上的人，把时迁抓了。正在这时杨雄遇上了熟人"鬼脸儿"杜兴，当年杜兴曾经在蓟州府犯过人命案，多亏杨雄搭救。杨雄就把到此的经过一说，又告诉了他自己的一个兄弟被庄上抓去的事。杜兴说："你别着急，我马上叫他们放时迁。"

杜兴怎么有这么大能耐呢？原来，这地方有三个庄。中间是祝家庄，西边是扈家庄，东边是李家庄。三庄总共有一两万人马，祝家庄最强。庄主祝朝奉，有三个儿子，名为"祝氏三杰"——祝龙、祝虎、祝彪；还有一个教师，"铁棒"栾廷玉。扈家庄，庄主扈太公，有个儿子"飞天虎"扈成，十分了得；还有个女儿叫做"一丈青"扈三娘，掌中双刀，无人能敌。李家庄庄主"扑天雕"李应，使一条钢枪，后背有五口飞刀，百发百中。杜兴便是李家庄的大管家。这三个庄结下生死同盟，一家有难，另两家要冒死相救。

杜兴带着石秀、杨雄来到李家庄，见到李应，把事情一说，李应马上修书一封，让人送到祝家庄。祝家庄却不给李应这个面子，非得把时迁押送官府。李应气坏了，立刻跨马拿枪，带着人马来到祝家庄要人。祝彪开门应战，和李应打了十七八个回合。祝彪不是李应的对手，便使暗箭，射中了李应的胳膊。李应翻鞍落马，多亏杨雄、石秀抵挡住祝彪，杜兴这才把李应救回来。

杨雄、石秀辞别李应上梁山搬来救兵。祝家庄早有准备，石秀、杨林进去探路，杨林就被人家捉住了。宋江带队进兵，“镇三山”黄信也在乱军中被人捉了。

宋江再次攻打祝家庄，“矮脚虎”王英却被扈三娘活捉了。“霹雳火”秦明、“火眼狻猊”邓飞也中了绊马索被抓。只有“豹子头”林冲，轻舒猿臂，俘虏了扈三娘。

宋江回到中军大帐，“智多星”吴用从梁山来了。吴用说：“哥哥不必忧愁，我们已经有人可以打入祝家庄内部，前两次打祝家庄失利，第三次肯定获胜！”

宋江问是怎么打进去的，吴用就讲了一段登州城劫牢越狱的事情。

山东登州府城外有一座山，山上来了只猛虎，伤了不少人。登州府发下捕虎文书：要本地猎户限三天捕捉老虎，捉不到老虎，众猎户就得受杖责。

这个地方有两个猎户是亲兄弟，一个是“两头蛇”解珍、一个是“双尾蝎”解宝。二人武艺高强，都善使浑铁点钢叉。他们接到了官府文书，不敢怠慢，便上山挖坑设陷阱，埋伏了窝弓硬弩，自己穿了虎皮纹的外衣，夜夜在山坡上蹲守。过了两夜，没有动静。到了第三夜四更时分，埋伏的窝弓射中了老虎，老虎中箭滚下山坡，两个人赶紧往下追。

追下山来，老虎不见了。抬眼一看，面前是当地一个大户人家毛太公的庄园的后院。两人一想，那老虎肯定滚到毛太公家去了。于是解珍、解宝两个人就去敲毛太公家的门，说明来意。

毛太公本人出来了，问明了原因，表现得挺客气，先叫他们进去歇会儿，又叫人给他们安排早饭。弟兄二人吃完了饭，毛太公叫人带着他们到后院去找老虎。二人找了一回，没见老虎。毛太公说："你们看见了，这里没有老虎，是不是你们看错了？"

解宝一眼看见后院地上的草有一大片压过的痕迹，还有血迹，说明老虎就是滚到这里了。他们就跟毛太公要老虎，毛太公就是不承认。两人就要自己搜，一听要搜，毛太公动气了。这个时候，毛太公的儿子毛仲义回来了，说："这是误会，肯定是我们的手下把老虎弄走了，我爹也不知道。这样吧，你跟我到里边去，我让人把老虎给你们弄了来，还给你们。"

解珍、解宝不知是毛仲义的毒计，跟着他进去了。里面的手下早准备好了，兄弟二人一进去，三十多人往上一扑，就把两个人给捆了。毛仲义说了："我家昨天晚上射死了一只老虎，你们两个想赖我家的东西，到我家搜抢家财、打碎家中物品。好大胆子！给我把他俩送到官府！"

原来他们父子串通好了，毛太公先稳住解珍、解宝，毛仲义偷偷把老虎送到官府，说是自己捉的，领了赏钱。解珍、解宝要虎不成，反被诬告送进官府。衙门里的孔目王正，是毛太公的女婿，他买通了知府，把解珍、解宝屈打成招，问了一个“混赖老虎，各执钢叉抢掳财物”的罪名，关进大牢。接着，毛太公、毛仲义、王孔目又商量把解珍、解宝判个死罪，以除后患。

牢房里有个节级，叫乐和，人称“铁叫子”。这人吹拉弹唱样样精通，是当时的民间音乐家。这乐和与解珍、解宝有些亲戚关系。解珍、解宝有个表姐，叫做“母大虫”顾大嫂，嫁给了东门外十里牌开酒店的“小尉迟”孙新。孙新的哥哥叫孙立，因为是黄脸，又有唐朝大将尉迟敬德之勇，所以人称“病尉迟”，孙立是当地的提辖。而乐和的姐姐嫁给了孙立。所以乐和跟解珍、解宝兄弟就是这样一个拐弯的亲戚。

乐和知道了解珍、解宝押在牢里，不能不管呀！他就找着顾大嫂，把事情经过告诉了他们夫妇。顾大嫂听了大吃一惊，先让乐和回去，好生照料牢里的两兄弟，然后她就和丈夫孙新商议，这事儿该怎么办。

孙新说：“除非咱们劫牢反狱，没别的办法了。”

顾大嫂一听：“好哇！咱们今晚就动手！”顾大嫂想得太简单了。

孙新说：“不行，太鲁莽了，咱们得再找人手。”

于是，这夫妻二人又找来了两位帮手，是附近登云山占山的寨主，这两位是亲叔侄，叔叔叫“出林龙”邹渊，侄子叫“独角龙”邹润。他们聚齐在孙新的酒店，一起商量劫牢救人的事，打算劫完牢投奔梁山泊，因为邹渊和梁山上的“锦豹子”杨林、“火眼狻猊”邓飞、“石将军”石勇都是朋友，他们把退路都想好了。

劫牢的事真做起来，也没那么简单。登州府的官兵那么多，他们几个哪是对手呀！孙新想了想说：“只有一条路可行，就是把我哥哥也拉下水。他是本州军马提辖，拉他跟咱一起干，事情就好办了。”

于是，孙新就派人给他哥哥孙立传口信，说孙新的媳妇病重，眼看就不行了，让快带着夫人见一面去。孙立一听，赶紧带着夫人乐氏来到孙新家。

孙立就问：“弟妹得的什么病?”

就听里边回答：“我得的是救兄弟的病!”一句话把孙立说糊涂了。

顾大嫂就把解珍、解宝受冤蒙难被打入死牢，自己夫妻伙同登云山邹渊、邹润叔侄，准备劫牢救人、投奔梁山的事说了一遍。孙立怎么肯落草为寇呢？大伙儿一看他不答应，伸手将兵刃拉出来了。

孙立忙说：“且慢，这事还是从长计议吧。”

孙新说：“我们都反了，你若不反，也得吃官司坐牢!”

孙立一咬呀，一跺脚，说：“罢了！一起干吧!”

顾大嫂笑道：“这才是一家人哪!”于是各自准备。

第二天，孙新带着伙计，孙立带着十来个心腹军汉，邹渊、邹润带着二十个喽啰，在顾大嫂家饱餐一顿之后，兵分两路。顾大嫂假扮送饭的进了牢房，孙立带着心腹也进了牢房，杀了狱卒。“铁叫子”乐和给解珍、解宝开了锁，给了他们两把朴刀，和顾大嫂、孙立一起往外杀。

另一路是邹渊、邹润，领着喽啰进了州衙，斩杀了王孔目。孙立策马，在前面开道，其他众人扮成兵卒跟在后面，一齐出城。守城官兵一看孙提辖，便放众人出城。

乐氏夫人早已坐着车出城等候，大家会合要投梁山。可解珍、解宝跟毛太公的仇还没报呢，于是孙新、乐和、顾大嫂保着家眷先走。孙立带着解珍、解宝、邹渊、邹润，以及山上的喽啰兵来到毛太公庄上。

毛太公正在庆祝他的六十大寿，解珍、解宝一干人杀了毛太公父子，然后血洗了毛太公的庄子，收拾了钱粮细软，一把火烧了庄子，投奔梁山而去。

博闻馆

北宋的庄园

北宋庄园数量很多，本回就提到了祝家庄、扈家庄、李家庄、毛太公庄等豪强地主庄园，再加上前面提到过的史进的史家庄、晁盖的庄园和柴进的两处庄园，及那个最难攻打的曾头市。这说明庄园是当时一种普遍存在的、极为平常的现象。一个庄园的组成部分主要是这样的人：庄主、庄客、庄户或佃户。

庄主是庄园的主人，他们占有土地，负担政府的职役，如晁盖就是当地的保长。他们有权盘剥庄客、庄户或佃户。庄客们直接役属于庄主，为庄主服各种劳役，主要是保卫庄主和庄园，是庄园的私人武装力量。庄户是庄园中的农业生产者，占庄园人口的大多数，庄户不一定有土地的租佃关系，佃户则是佃种庄主土地的农民。庄户对庄主的人身依附关系比较松弛，在经济上也有一定的独立性，所以故事中庄园主弃庄上梁山了，跟着他们的只有庄客，很少有庄户。

北宋的赋税是很繁重的，它沿用唐朝的两税法，却在地租的基础上又增加了徭役和差役。因此，朝廷官府把一部分庄园主也驱使到自己的对立面，造成官逼民反的农民战争的暴发。

三打祝家庄

话说孙立、孙新一行上了梁山，听说宋江攻打祝家庄不利，孙立说：“我正愁刚入伙没有半分功劳，如今我献条计策，拿下祝家庄，就算入伙之礼如何？”吴用大喜。于是吴用带着孙立、解珍、解宝、邹渊、邹润、孙新、顾大嫂、乐和八位英雄来到战场，引见给宋江。宋江喜出望外。大家商议妥当，孙立等人带着车仗人马就投奔祝家庄去了。

恰在此时，扈家庄的少庄主扈成因他妹子被梁山所俘，带着牛羊酒肉来求见宋江。宋江说：“放了令妹可以啊，拿我们的王英等人来换。”

贯华堂本《水浒传》插图：
王英和扈三娘夫妇

可是，王英等人已经被祝家庄解走，不在扈成手里。吴用出了个主意：“只要我们攻打祝家庄你们别来接应，有祝家庄的人跑到扈家庄，你拿住交给我们，打下祝家庄我们就归还令妹。”扈成全都答应了。

孙立趁他自己投靠梁山的消息祝家庄还不知道，便打着“登州兵马提辖孙立”的旗号，一行人马来到祝家庄，说要见栾廷玉，原来孙立竟是栾廷玉的师弟。栾廷玉一听师弟来了，赶紧出门迎接，到庄内给祝家父子介绍了。

孙立说刚接到文书，被调到郓州守把城池，提防梁山泊强寇。今日路经此地，特来拜望师兄。栾廷玉告诉他：“这两天梁山强盗来了，正在攻打我们祝家庄。不过他们没占什么便宜，反而被我们拿住了几个贼头。若捉住宋江贼首，就大功告成了。幸好贤弟来此间镇守，贤弟先住几天，帮着我捉拿了梁山贼寇再走吧！”

孙立就为了此事来的，所以一留，就住下了。孙立是带着一家老小来到祝家庄的，说是去上任，没人疑心。祝庄主吩咐杀牛宰羊大摆筵席，款待众人。祝朝奉挺高兴，有官府的兵马来助阵了，梁山贼寇指日可擒。

三天之后，宋江又来挑战。祝彪第一个出马迎敌，碰上了“小李广”花荣。两个人在马上大战五十个回合，不分胜负。

祝彪收兵回来说：“这个花荣果然厉害啊！”

孙立说了：“不怕，明天待我出战，拿他几个梁山贼寇！”

第二日宋江兵马又来挑战，这次出阵的是“豹子头”林冲，祝龙拍马迎战。林冲挺起丈八蛇矛，三十余合，不分胜败。怎么花荣林冲只跟他们打了个平手？这是故意的。接着祝家庄这边祝虎提刀上马挑战，梁山那边“没遮拦”穆弘抡熟铜棍迎战。又是三十个回合，没分胜负。接着“病关索”杨雄对祝彪，又战了二十多个回合，不分输赢。

孙立在庄头上一看，一副着急的样子。叫人给他牵过马来，孙立跨马冲到阵前，高声叫阵。“拼命三郎”石秀拍马抡刀迎战。五十回合，孙立钢鞭一压石秀大刀，将石秀拿回祝家庄，叫庄丁把石秀给捆了。大将被俘，梁山兵马败走了。

祝朝奉大喜，说道：“孙提辖，果然武艺高强！”

孙立说：“哪里哪里。”孙立算了一下，祝家抓了梁山共七个人了，于是吩咐众人好好养着他们，等到捉住宋江，一并解往东京，不能把他们饿瘦了，要不然人家还以为他们本来就是几只病猫，显不出咱们祝家庄的本事。祝朝奉一听，有理呀，吩咐把这七个人都打入囚车，供给他们酒肉。

这石秀是故意让孙立给抓住的。抓来之后，跟时迁、秦明他们关在一处，石秀就把所定的计策跟他们全说了。这时候，同孙立一起来的邹渊、邹润、乐和已经把附近的地形摸熟了。顾大嫂住在后宅，把后宅出入路径也摸清楚了。

又过了一天，宋江分兵四路，攻打祝家庄！祝朝奉一听，怎么又来了？孙立听了，哈哈大笑：“就分兵十路能耐我何？今天再拿他几个活的。拿一个死的都不算！”祝朝奉听了大喜，谢了孙立，便带着一班人来到门楼上往下观看。

正东方向，“豹子头”林冲为首，背后李俊、阮小二带着五百精兵；正西方向五百人马，为首的是“小李广”花荣，背后张横、张顺；南面的五百人马，为首的是“没遮拦”穆弘，后面“病关索”杨雄、“黑旋风”李逵；正北面是宋江带领的大部队。

众人一看，宋江是要来打场硬仗了。祝家几路人马各自请战，栾廷玉带一队人马出后门杀往正西，祝龙出前门杀往正东，祝虎出后门杀往正南，祝彪自出前门对付宋江。祝朝奉给众人敬了酒，开了前后门，放下吊桥，四路人马一齐杀出。

里边的内应也布置好了，邹渊、邹润奔监牢而去，孙新、乐和守住前门，解珍、解宝守后门，顾大嫂保护孙立的家眷。

四路人马都走远了，孙立带人上了吊桥。孙新、乐和紧随其后，悄悄把梁山的旗号插在了门楼上。乐和拿出一个小哨子，吹出信号。邹渊、邹润一听，把斧子亮出来了，一齐动手，“噗噗”几下子，把守牢门的庄兵砍翻了好几十个。接着劈开七辆囚车，时迁、石秀、秦明、邓飞、杨林、王英、黄信自由了，各自拿了早准备好的兵器，在庄里一通砍杀！“母大虫”顾大嫂掣出两把鸳鸯刀，直奔内宅，杀光了女眷。

有人报告祝朝奉：“不好了！孙提辖带着人把梁山贼人给放了，而且开始杀我们的人了。”祝朝奉现在才明白上当了，晚了，四路人马全派出去了，没人救他了。“拼命三郎”石秀一刀把他劈死，解珍、解宝点燃了马草堆，顿时烈焰冲天。

宋江看见火起，知道孙立成功了，把令旗一晃，梁山好汉得令，四路人马奔着祝家庄就杀过去了。祝虎看见火光率兵赶回，孙立守在吊桥上呢。“哎呀，孙提辖，庄内怎么着火了?”孙立一阵冷笑:“我放的火。你爹已然被杀,快下马投降吧!”祝虎的思维还算理性,拨马就跑,却被“小温侯”吕方、“赛仁贵”郭盛两位拦住了。几个回合,就把祝虎连人带马挑翻在地,众军齐上,把祝虎砍了。剩下的祝家庄兵马四散奔逃。孙立、孙新把宋江迎进庄中。

东路的祝龙碰上“豹子头”林冲。上次交手,祝龙和他打了五十多个回合,他以为林冲功夫真和他旗鼓相当呢。这回林冲的枪刺过来,祝龙连两招都挡不住。只得拨马逃跑,抬头一看,庄上起火了,正在发愣,庄内手下的尸体一个个被扔下来。祝龙知道事情有变,回马往北而走,正碰见“黑旋风”李逵。李逵一斧子砍断了他的马腿,祝龙“扑通”从马上翻下来了。李逵又一斧子,砍掉了祝龙的脑袋。

祝彪正在厮杀,突然有人来报:“祝家庄丢了!”祝彪只能奔扈家庄来。扈成一见祝彪,便叫人把他拿下。干嘛?换他妹妹去。扈成带着祝彪要见宋江,没想到半道碰上了李逵。李逵不问青红皂白,一斧子把祝彪人头砍了,扈成趁机逃了。栾廷玉一看祝家完了,他别打了,掉转马头,逃命去了。

宋江三打祝家庄,大获全胜。传下命令,首恶已除,降者不杀,然后出榜安民。把祝朝奉的粮仓打开,清点完毕,宋江吩咐:“开仓放粮。”把一部分粮食分给附近穷苦的百姓。百姓扶老携幼,拜谢宋江。其余的粮食都装载上车运往梁山。另外还有好多金银财物、牛羊马匹,也统统带上梁山!

同上梁山的还有李家庄的庄主“扑天雕”李应,还有他的大管家“鬼脸儿”杜兴。如今李应的伤已痊愈，他们都经由宋江的劝说入了伙。大军到了梁山之上，晁盖十分高兴，吩咐犒赏三军，把金银财宝拿出来一部分，分给军卒，梁山得了这么多的粮食和金银，又有了新的将领加盟，皆大欢喜，大排筵宴，热烈庆贺。

宋江想起一件事来，他把“矮脚虎”王英找来，跟他说：“兄弟，想当初在清风寨的时候，你要娶那个刘高的老婆，哥哥不让，说日后要给兄弟你找个好的。一直到今天，这么长时间了，哥哥也没有给你找个合适的媳妇，你怨哥哥不？”

王英有点儿不好意思：“哥哥，是小弟长得不争气，怨不得哥哥。”

“兄弟，今天哥哥就把这个心愿了了，给你娶个媳妇。”

“真的？”王英一听这话，乐了。

“那还有假！不仅给你娶个媳妇，而且给你个美媳妇、俊媳妇！”

王英本来就好色，一听这话口水都出来了：“大哥，您快说，是哪个姑娘？”

宋江说：“我父亲有个女儿，愿招你为婿。”

“大哥，我没听说过您还有个妹妹啊？”

宋江乐了：“这是我父亲新收的干女儿。”

“谁啊？”

“‘一丈青’扈三娘！”

“哎呀！多谢大哥！”王英一听，快蹦起来了。那扈三娘可是个高挑漂亮美女。放到现在，也可以做名模了。当晚，“矮脚虎”王英、“一丈青”扈三娘就在梁山上行了大礼，入了洞房。

博闻馆

尉迟恭

孙立绰号“病尉迟（yù chí，复姓）”，是说他和古人尉迟敬德有一拼，那么尉迟敬德是谁呢？

尉迟恭，字敬德，是唐朝名将，鲜卑族人。他为人纯朴忠厚，勇武善战，一生戎马倥偬，征战南北，屡立战功。

最初，在隋朝大业末年，尉迟恭在高阳从军，当时隋炀帝杨广统治残暴，骄奢荒淫，所以，爆发了隋末农民起义。尉迟恭多次随军出征镇压，以勇武著称，被授朝散大夫之职。后来李渊在太原起兵建唐，当时尉迟恭加入了另一支反隋武装刘武周的队伍，当了一名偏将，又为刘武周屡立战功。再后来，秦王李世民，也就是后来的唐太宗，征讨刘武周。李世民派人劝说，尉迟恭降唐，被任命为右一府统军。

统一天下后，李世民与诸兄弟争夺帝位，发动了玄武门之变，尉迟恭在玄武门之变中助李世民夺取帝位，李世民说他“卿于国有安社稷之功”。后来李世民为了表彰有重大贡献的功臣，命阎立本在凌烟阁上画了《二十四功臣图》。尉迟恭就是这二十四功臣之一，他死后陪葬在太宗的昭陵。

后来尉迟恭被尊为民间驱鬼避邪、祈福求安的中华门神。他和另一个唐朝名将秦叔宝都是“门神”的原型。

力劈殷天锡

话说郓城县的知县换了一任，新任的知县来了，就交了个相好的，现在的话叫小三。她就是卖唱的女子白秀英，这个白秀英就仗着自己是县太爷的小三，飞扬跋扈。郓城县的都头“插翅虎”雷横，不理那套，于是和白秀英争吵起来，失手把她打死了。

知县立刻把雷横打入死牢，让雷横给白秀英抵命。另一个都头“美髯公”朱仝是雷横的朋友呀，不能眼看着雷横死呀，就偷偷地把雷横放了。雷横当天晚上背着老娘投奔了梁山。

朱仝自首去了，被判了脊杖二十，刺配沧州。朱仝到了沧州，很受沧州知府的器重，知府就把他留下办事儿。知府有个独生子，有三四岁大，顽皮可爱。这孩子跟朱仝投缘，第一眼看见朱仝，就喜欢玩他的胡子。朱仝也挺喜欢这小孩。知府干脆

戴敦邦绘柴进像

就把孩子交给朱仝了，朱仝对这知府也很感激，带孩子尽心尽力。

到了七月十五日，盂兰盆节，朱仝抱着小衙内去看放河灯，路上碰见了雷横。朱仝把孩子放下来，拉雷横到了僻静的地方说话，这时吴用也过来了。雷横劝朱仝入伙，朱仝深得知府的器重，不愿入伙。

吴用一看说不动他，那就此别过吧。朱仝再找小衙内，不见了。朱仝急了，吴用说："丢不了，多半是被'黑旋风'李逵给抱走了。"

朱仝追出城去，走了二十多里，追上李逵要孩子。李逵早把小孩给弄死了。朱仝勃然大怒，抽刀就砍。李逵边跑边逗他："你过来追呀!"

朱仝追着追着，到了一个大庄园。这正是"小旋风"柴进的庄子。柴进把大伙让进去，吴用、雷横过来劝朱仝投奔梁山，说："李逵也是好意，怕你不去，断了你的后路。"

朱仝说："这手段也太歹毒了，小衙内碍他什么事了!"

大家苦劝了半天，最后朱仝说了："让我上山，除非你们杀了'黑旋风'李逵。反正有李逵，我死也不上山!"没办法，"小旋风"柴进想了个主意，"美髯公"朱仝上山，李逵留在庄上。

朱仝问："那我的家小怎么办?"

吴用说："已经给你接到山上去了。"朱仝没法儿，也只能跟着吴用、雷横上梁山了。

临走的时候，吴用嘱咐李逵："你先在大官人庄上住几天，切记不可惹是生非。等个一俩月的，朱仝的气消了，你再来。”李逵答应着：“哎，是。”

李逵就留在柴进的庄上住下，倒也听话，没惹什么事。

再说柴进有个叔叔叫做柴皇城，住在高唐州，家财万贯。高唐州新来了一个知府，兼管本州兵马，叫做高廉，是太尉高俅的叔伯兄弟。高廉有个小舅子叫做殷天锡，仗着他姐夫的势力在高唐州无恶不作！

这殷天锡看上柴皇城家的房子了，带了二三十个打手直接闯到柴家，告诉柴皇城：“赶紧找地方搬家！这院子征用了！”那柴家是有“丹书铁券”在手的，皇帝都得敬畏三分呢，从没遇上过这种事。

柴皇城就说：“你知道我是谁么？我是老柴家的人。有先朝‘丹书铁券’在门，你怎敢公然抢夺我的住宅？岂有此理！”老头原以为这几句话能把殷天锡给镇住，哪知殷天锡根本不怕他家的“丹书铁券”。

“这院子我是要定了，小的们！给我贴封条，这里的东西都不许带走。”

柴皇城将身子挡在门口，高喊：“不得无理！”

殷天锡便指挥着手下动武了：“这个老东西妨碍公务！给我打！”一声令下，二三十个打手扑上去，对着老头拳打脚踢。柴老头六十高龄了，哪经得住这一顿毒打，当时就昏过去了。殷天锡一看，老头不行了，才叫手下人住了手，“好！我给你们几天时间，赶快给我找房子搬家！”带着人走了。

家人赶紧上来把柴皇城抬进屋去，请来大夫。柴皇城连伤带气，一病不起了。老头命在旦夕，可是咽不下这口气，柴家从来没受过这等屈辱。老头无儿无女，只有个嫡亲的侄子柴进，便叫人带着书信来找柴进，自己眼看不行了，得叫柴进出面告殷天锡，给自己伸冤。

柴进接到信，快马加鞭赶往高唐州，李逵也跟着去了。到了高唐州，进庄子一看，柴皇城已经脱了相了，眼看就不行了。柴皇城的老伴儿柴进的婶子把柴进叫到一边，哭着把经过给柴进详细说了一遍。李逵一听急了："哪有这么欺负人的啊！殷天锡，什么鸟人，他在哪儿？待俺一斧子劈了他去！"

柴进赶紧给拦住了："李大哥，休要鲁莽！殷天锡虽仗势欺人，但我家放着有护持圣旨'丹书铁券'。即便在这里和他理论不得，我可以到京城告御状。放着明明白白的条例和他打官司，也打得赢的！"

李逵不爱听这个："条例！条例！要打官司打到什么时候去？还不如我一斧子劈死他来得痛快！"

正说着呢，有人来报："坏了！老爷不行了！"

柴进赶紧跟着婶娘一起进去，柴皇城一把拉住柴进的手，喘着气说："贤侄，我今天被殷天锡打死，死不瞑目，你一定看在你我叔侄骨肉的分上，亲自到京师拦驾告状，与我报……报仇！"话没说完，脑袋一偏，死了。人死了，眼睛都没闭上。

"叔叔哇……"柴进放声痛哭，一家人都跟着哭。李逵在旁边看着心里也直发酸。

哭罢多时，柴进赶紧吩咐安排棺椁盛殓，全家穿孝，请僧道来超度亡魂。然后他和婶娘商量下一步怎么办。柴进说了："我马上派人从沧州家里取来'丹书铁券'，等给叔叔发丧之后，我立刻去东京告御状！非得杀了殷天锡给我叔叔报仇不可！"

就这样，停灵了两天。第三天，柴进正在守灵呢，殷天锡带着三十来个打手又来了。今天殷天锡喝了些酒，带着五分酒劲来找麻烦了。

殷天锡嚷道："柴皇城呢？让他出来！赶紧搬家，别耽误我公事！"家人赶紧跑进去禀报了。柴进一听，火往上撞，但是柴进还极力克制自己，心说："先别跟他一般见识，他是个地痞无赖，我现在不用跟他呛火，先把他弄走了，回头我上东京告御状，让官府拿他问话。到时候，在公堂上我们再说！"所以，柴进压住了怒火，出来见殷天锡。

殷天锡一看出来一个四十上下穿着重孝的人，他在马上一撇嘴，用马鞭子一指："哎，你是谁啊？"

"我是柴皇城的亲侄子柴进。"

"我前些日子跟那老头说了，让他找地方搬家，怎么还没搬呢？"

柴进强压怒火："前些天，我叔叔卧病不起，两天前不幸身故了。我们准备过了头七再搬出去。"

"什么？过头七？赶紧给我搬出去！"

柴进说："现在人已经死了，棺椁还没入土，怎么搬出来？殷天锡，你不要欺人太甚。你打听打听，我老柴家也是龙子龙孙，放着先朝'丹书铁券'，谁敢不敬？那可是太祖皇帝亲笔所写，亲手所赐！"

"你拿出来让我瞅瞅！"

“在沧州家里，已派人去取了。”

殷天锡一听，你忽悠我呀！“来人，给我打出去！”这一伙子人撸胳膊挽袖子就上去了，这就要开打。

柴进一看：“你们想干什么？没有王法了吗？”

“老子就是王法！给我打！”

柴进能忍，这李逵可忍不住了：“我看哪个敢动手！”就见从里面跑出来一个黑大汉，几步就来到柴进身前。

柴进一看是李逵，赶紧拦他：“李大哥，你别管，你先进去。”可李逵这时候是挡也挡不住了，那几个小子还上来找死，一拥而上要揍李逵。

殷天锡在马上还喊：“对！给我打！”

李逵一看，抡开双拳，“噼哩啪啦”，三十几个顿时倒了一片，个个挂彩。

殷天锡一看这个情形，拨马想溜。李逵看见了，一个健步跳过去，一伸手就把他扯下马来。李逵往上一举，就把殷天锡举过头顶，“啪”的一下子，又给摔地上了。

还没等殷天锡明白过来呢，李逵一脚踩住殷天锡后背，拳头雨点一般砸下来。殷天锡从始至终一声没吭，李逵一看：“啊！你奶奶的不吭声啊？好！”李逵哈腰一伸手把殷天锡右腿给薅住了，一只脚踩着殷天锡的屁股，不让左腿动弹，把右腿往上使劲一搬、一拧，“喀吧”一声，一条腿就下来了！

博闻馆

《水浒传》的作者

不同版本的《水浒传》标有不同的作者，那么它究竟是谁写的呢?

《水浒传》成书于元末明初，关于它的作者，明朝人记载就不一致。郎瑛的《七修类稿》中说：《三国》和《水浒》是罗贯中编的，也有一种说法，《水浒》是施耐庵写的。

高儒的《百川书志》记载：“《忠义水浒传》一百卷。钱塘施耐庵的本，罗贯中编次。”

胡应麟在《少室山房笔丛》中指出：“武林施某所编水浒传，特为盛行。”他肯定了《水浒传》的作者是施耐庵。

我们可以看出，在明代已经出现了大致上的三种说法：第一，施耐庵作；第二，罗贯中作；第三，施耐庵、罗贯中合作。现在学术界大都认为胡应麟的说法是准确的，《水浒传》是施耐庵作。施耐庵生平不详，一般认为是元末明初人。

大破连环马

李逵力劈了殷天锡，可闯了大祸。柴进一看赶紧把他送上梁山。柴进以为自己有“丹书铁券”，高廉就不敢拿自己怎么样。谁知高廉得了消息，立刻把柴进抓住打入死牢！

消息传到梁山，柴进对梁山上很多人都有大恩呀，宋江立刻带领人马，攻打高唐州。可是这个高廉，还会些妖术邪法，梁山好汉还打不过他。唯一能破解他妖术的，只有“入云龙”公孙胜。于是宋江再次派戴宗、李逵下山寻找。这次终于找到了公孙胜，在半道之上，又收了一条好汉——“金钱豹子”汤隆。公孙胜大破了高唐州，一剑斩了高廉，从死牢中救出柴进。柴进无路可退，只能跟随大队人马到了梁山。

徽宗皇帝闻报大吃一惊，马上降旨，要征剿梁山。高俅保举了开国元勋河东名将呼延赞的嫡系子孙——“双鞭”呼延灼。宋徽宗大喜，马上召见呼延灼，一看呼延灼仪表堂堂，更是高兴，马上赏赐“踢雪乌骓”马一匹。这可是匹千里马呀，浑身墨染没有半点杂毛，唯独四蹄雪白，因此取名“踢雪乌骓”。

呼延灼又保举了两个人，一个叫“百胜将”韩滔，一个叫“天目将”彭玘。这两人都有万夫不敌之勇。高俅答应了，马上把两个人调来，带了一万五千兵马，兵发梁山。

两军在梁山前列开阵势，各自派将。“天目将”彭玘上阵对“一丈青”扈三娘，没几下被扈三娘活捉了。

呼延灼一看，梁山上的女将都这么厉害！幸好他早有准备，立刻亮出了自己独门的阵法——连环马！就这马一排一排全用铁链子拴着，身上披上了铁甲，后面拉着大车，不怕箭射刀砍斧剁，往前一冲，如同坦克一般，势不可当。梁山好汉败退回山寨，不敢出来了。

呼延灼马上派人到京师报捷，宋徽宗大喜，立刻派人犒赏三军。呼延灼虽然胜利了，但是梁山闭门不出，中间有水相隔，连环马过不去，没法继续征剿了。他马上打报告，向高俅调人，调来东京的火炮手“轰天雷”凌振，要调炮打山。

没想到凌振一来，就被晁盖用计俘虏了。得知“天目将”彭玘已降了梁山，凌振也不死撑着了，投降了。“双鞭”呼延灼无奈，命令用连环马把梁山围住，出来一个杀一个。

总被围在里边不行呀，得想法儿破连环马。新来的英雄“金钱豹子”汤隆献计说：“我知道要破连环马，除非用钩镰枪。因为我们家世代打造军器，我手上有钩镰枪的画样，我可以领着打造。但是我会打，不会使。我的姑表哥‘金枪将’徐宁会使。他现在在东京禁卫军金枪班里做教师。请他来，教给军卒们使钩镰枪，必可大破连环马！”

汤隆又说了：“徐宁祖传有一件宝贝，叫做‘赛唐猊’雁翎甲！这副盔甲披在身上，又轻又稳，刀剑不入。徐宁爱如珍宝，把这副甲用皮匣子盛着，挂在他家卧室房梁之上了。如果能把这副盔甲偷走，他必追着盔甲而来。”

于是“鼓上蚤”时迁受命去偷甲。打听好了徐宁的家，时迁先踩踩点儿。等天黑了，时迁爬到了徐宁家门外靠墙的一棵大树之上，躲在枝叶之中。等到五更时，徐宁拿了金枪出门公干去了。

时迁利用这个机会，进了卧室，翻身爬到了房梁之上，从梁上轻轻解了皮匣。等夫人和两个丫环又回去睡了，他才溜下来，悄悄开了门，背着皮匣，翻墙而去。

戴敦邦绘时迁像

出城四十里地，见到了“神行太保”戴宗。戴宗一看时迁得手了，把雁翎甲取出来，用包袱包了背在身上，他先回梁山了。时迁呢？拿着个空皮匣子吃了点儿饭，慢慢向前走。为什么慢慢走呢？就是想引着徐宁追他。时迁又走了二十里路，“金钱豹子”汤隆早已在酒馆里等他。汤隆说：“你就顺着这条路下去，只要路上的酒店、饭店、客店，门上有白粉圈儿的，你就在那里买酒买肉吃；进了客店，你就安歇；而且，特地要把这皮匣子放在最显眼的地方，让所有人都看见。然后你走一段路程后等着我。”“明白！”时迁背着空匣子走了。

汤隆回到东京，拜见徐宁。徐宁今天还真没上班。为什么没上班？发现家中被盗了，祖传雁翎甲不翼而飞，可把他急疯了，去官府里报了案。

徐宁正在家中闷坐呢，汤隆来了。徐宁就把家传的“赛唐猊”雁翎锁子甲被盗的事说了，汤隆就带着徐宁出门去追；追拿红羊皮匣子的人。时迁按着墙上画白圈的酒店就吃饭住宿，故意把皮匣子放在外边。徐宁、汤隆两个人日夜兼程，终于把时迁给追上了。

贼算是拿住了，两人打开皮匣子一看，空的。

“我的雁翎甲呢?!”

时迁说是有个大财主雇他偷的，开始编故事说：“我叫张一，是泰安州人氏。我们本州有个财主想要结识老种经略相公，知道你家有这副雁翎锁甲，不肯卖，他想拿着这个甲做见面礼，所以特地让我同另外一个叫李三的，到你家偷盗，事成给我们一万贯。我们得了手，可我不小心闪了腿，行走不方便，就让李三拿甲先走了。你要是能饶我，我带着你找到财主家，给你把甲要回来，你看怎么样？”

徐宁一想，抓他见官，不如赶紧把雁翎甲要回来，于是就同意时迁给他们带路。

往前走了一程，碰到一个赶马车的，汤隆认识，管他叫李荣。三人又坐上了马车。

马车又往前走了一天，来到梁山泊附近。李荣到了个酒馆买了一葫芦酒，请大伙儿喝，徐宁没防备，拿过来就喝，结果中了蒙汗药。李荣其实不是李荣，而是“铁叫子”乐和。汤隆、时迁、乐和一起把徐宁就给拉到梁山了。

到了山寨，给徐宁吃了解药。徐宁缓醒过来一看：“这是哪儿啊?”汤隆这才把真相给徐宁说了：“哥哥，实在不好意思，是为了破连环马，不得已我才出此下策，赚哥哥上山，目的就是求哥哥传授钩镰枪法。”

“你，你怎可这样!”宋江这个时候赶紧过来赔礼。林冲当年在东京和徐宁的关系也不错，也过来说和。徐宁一看，怎么办？不传授不让下山啊。他就在山上传授军卒钩镰枪法。这时候，山上的铁匠早就按照汤隆的图纸打造好了钩镰枪了。徐宁还想着，教完了赶紧回家去，家里还有老婆孩儿呢。

宋江早已经派人到东京把徐宁的家小，连同彭玘、凌振的家小都给接来了。她们怎么跟着来啊?原来汤隆亲自下山了，见到徐宁娘子就说：“嫂子，可了不得了，盔甲追回来了，可是我哥哥在路上生了急病了，马上就不行了，你快去看看吧!”徐宁娘子赶紧带着孩子跟着来了。汤隆还有更绝的，穿上雁翎甲，冒充徐宁，在半道上劫了官府的钱财。现在官府正通缉捉拿徐宁呢。

徐宁没办法，只能入伙，尽心尽力教习、演练钩镰枪法。不到半个月，山寨的军卒全学会了钩镰枪。宋江马上分兵派将，让步军下山，分作十队诱敌，其余头领守寨。

宋江分拨已定。当晚三更天，开始按计行事。先用船把钩镰枪队载过去，四下埋伏好了。四更天，十队步军渡过去了。凌振、杜兴，载过风火炮架，搁上火炮。徐宁、汤隆，各执号带渡水。平明时分，宋江的中军人马隔水擂鼓呐喊摇旗。

呼延灼正在中军帐内，听见鼓声，赶紧带着先锋韩滔披挂上马，隔水摆开马军。一看南边有梁山兵马，呼延灼还想着他的连环马终于可以有用场了，于是下令："来啊！连环马车上！"韩滔带着五百马军出去了。又发现东南上也来了一队梁山军兵，呼延灼刚想分兵过去，又发现西南上又拥起一队旗号，摇旗呐喊。呼延灼说："这些贼多日不出来，今天全杀出来了，必有计策。"

话语未了，只听得北边一声炮响，这声炮响呼延灼听出来了，这炮必是凌振放的——他也投靠梁山了。

如今，梁山军卒都学会了钩镰枪，连环马往上一冲，马蹄被钩住，马全倒了。连环马是连在一起的，前面马一倒，后面的马也跟着倒。车上的宋兵宋将全给掀下来了，被梁山的挠钩手全钩了去。

连环马全军覆没，遍地躺的都是没腿的瘸马。呼延灼、韩滔一看不好，赶紧夺路就走。梁山好汉一拥而上，两个人边打边退。开始还带着几百人呢，越打越少，最后，呼延灼一看，连韩滔都没了。哪儿去了？被擒了。幸好他胯下坐骑是匹宝马，掌中一对钢鞭无人可挡，杀出一条血路，呼延灼落荒逃走。

梁山这边大获全胜。三千连环甲马，有一半被钩镰枪拨倒了，没了马蹄子，成了菜马。一万五千的宋军俘虏了五千多，其余的死伤逃亡。呼延灼的大寨、粮草、军用器械、锣鼓帐篷，全归梁山了。

博闻馆

水浒传的版本

目前流传下来的水浒传，以三个版本为主，即一百二十回本《忠义水浒全书》，一百回本《忠义水浒传》，七十回本《水浒传》，这是水浒的三个主要版本。这三个版本各有看点：一百二十回本，故事最完整，适合初读；一百回本一般被认为是施耐庵的版本，与作者意图最接近；七十回本是经金圣叹“腰斩”过的版本，他将后三十回彻底删去，而增加了卢俊义的一个恶梦做结束。

晁天王中箭

再说呼延灼落荒败走，皇上御赐的“踢雪乌骓”还被桃花山的“打虎将”李忠、“小霸王”周通给偷了。

呼延灼投奔了青州的知府慕容彦达，向他借兵攻打桃花山。如今青州又添了座贼山——白虎山。山上两个寨主，就是宋江教过的“毛头星”孔明、“独火星”孔亮。慕容彦达正烦呢，呼延灼来了。慕容彦达立刻给了他两千人马。呼延灼兵发桃花山，李忠、周通被杀了个大败，只好派喽啰兵向二龙山求救。

二龙山宝珠寺正由“花和尚”鲁智深、“青面兽”杨志、“行者”武松占着。下面还有四个小头领：“操刀鬼”曹正、“菜园子”张青、“母夜叉”孙二娘、“金眼彪”施恩。底下喽啰兵有好几千，声势浩大。接到桃花山的求救信，鲁智深、杨志带着五百喽啰救援桃花山，跟呼延灼战了个平手。

这个时候，青州后院起火了。白虎山孔明、孔亮带着人马到青州劫牢去了。因为孔明、孔亮反了，慕容彦达抓不住他们，就把他们的叔叔孔宾捉拿下狱。于是，孔明、孔亮就带着人攻打青州。

慕容彦达赶紧派人通知呼延灼带兵马返回，呼延灼在归途中正撞上孔明、孔亮。这小哥俩儿不是呼延灼的对手，几个回合，呼延灼就把孔明活捉了。孔亮一看，只有跑路了。正巧碰上来支援桃花山的“行者”武松。

武松听他这么一说：“兄弟别忙！跟我走！咱们三山聚义，同打青州！”于是，武松带着孔亮以及那些残兵败队一齐上了桃花山。众英雄商议怎么打青州，都觉得三山实力还是弱了些，只有向梁山求援。孔亮跟宋江关系好，亲自来到梁山求救。

于是，宋江分兵五路，来攻青州。对付梁山，呼延灼可没这能耐了，这次不仅败了，还被擒上山去。宋江以礼相待，说服呼延灼也归顺了梁山。

呼延灼奉命带兵回青州，骗开了城门，大队人马杀了进去。杀了慕容彦达，救出孔明和孔宾，把青州府库席卷一空，回归梁山。所过州县，分毫不扰。乡村百姓，扶老携幼，烧香罗拜迎接。二龙山、桃花山、白虎山上的英雄，也带着人马，跟着宋江到了梁山。

“花和尚”鲁智深一看，梁山这么大，想起少华山上的好朋友“九纹龙”史进来了。决定到少华山把他们也都劝到梁山入伙。武松和鲁智深同去少华山。上了山，见到了“神机军师”朱武、“跳涧虎”陈达、“白花蛇”杨春，就是没见“九纹龙”史进。史进为了抱打不平，去刺杀华州的贪官贺太守去了，结果刺杀不成，被人给抓住了。山上的人正商议怎么救他呢，可巧鲁智深、武松来了。

鲁智深一听：“这还商量什么呀？我去杀死太守，救出我兄弟。”被武松劝住了。

没想到，鲁智深还是半夜偷偷走了。贺太守那儿早有防备，鲁智深也被人拿住了。

少华山得了消息，大惊。正巧，“神行太保”戴宗来了，赶紧回归梁山，把事情给晁盖、宋江说了。要攻打华州，但硬打不行。

吴用派人把路过此地来降香的钦差宿太尉劫到了少华山，后冒充宿太尉的队伍到了西岳华山。贺太守闻听钦差驾到赶紧迎接，结果被众好汉给杀了。接着，众好汉杀入华州，救出史进、鲁智深。打开府库，满载着回梁山。还把宿太尉放了。

队伍经过徐州沛县芒砀山，又收了占山为王的一伙好汉、三千多人马。领头的是“混世魔王”樊瑞、“八臂哪吒”项充、“飞天大圣”李衮，随大部队一齐奔往梁山。

快到梁山泊时，又遇到一个人，赤发黄须，此人便是“金毛犬”段景住。他原来在涿州贩马，现在盗来了金国王子的坐骑——“照夜玉狮子”马，来献给梁山，以此作为上山入伙的见面礼。没想到，到了凌州西南曾头市，被这里的大户曾家五虎给夺去了。

众好汉上了山，把丢马的事儿告诉了晁盖。然后派戴宗去打探这曾头市怎么回事儿。回来说：这个曾头市上共有三千余家。内有一家曾家府。当家的老头原是大金国人，叫曾长者，有五个儿子，号称曾家五虎：曾涂、曾密、曾索、曾魁、曾升。还有一个教师叫史文恭，一个副教师叫苏定。现在曾头市聚集六七千人马，打下五十余辆囚车，说与我们梁山势不两立，要捉尽我们山寨中的头领，一个囚车装一个，押送到东京领赏。那匹“玉狮子”给了教师史文恭骑坐。

而且他们编了儿歌童谣，让小孩传唱。说："摇动铁环铃，神鬼尽皆惊。铁车并铁锁，上下有尖钉。扫荡梁山清水泊，剿除晁盖上东京！生擒'及时雨'，活捉'智多星'！曾家生五虎，天下尽闻名！"

晁盖听了，勃然大怒，立刻要带兵攻打曾头市。宋江苦劝，说："哥哥是山寨之主，不可轻动，小弟愿往。"

晁盖说："兄弟，这些日子都是你领兵带队去打仗，厮杀劳困。这一次，我替你走一遭。"宋江怎么劝晁盖都不听。

当天晁盖亲自点了林冲、呼延灼、石秀、孙立等二十个头领，带着五千人马，由段景住领路，下山去打曾头市。宋江送至寨外，在金沙滩置酒饯行。饮酒之间，忽然刮起一阵狂风，把晁盖新制的军旗拦腰吹折。众人见了，都吃了一惊。吴用说："这是不祥之兆呀，大哥还是改日出师吧。"

晁盖说："风云变化，有什么大惊小怪的。"于是，领了兵马，来到曾头市附近下寨。第一阵，曾家四子曾魁对林冲，曾魁战败逃回。第二天，曾涂出来骂阵，晁盖大怒，挺枪直刺。众人怕有闪失，一齐掩杀过去，双方混战，不分胜负。接着一连三天，梁山的人前去挑战，曾家闭门不出，晁盖就有些急躁。恰好此时有两个和尚来投奔，说是进曾头市有捷径，他们愿意带路。晁盖大喜，就要带人跟和尚走。林冲怕其中有诈，劝晁盖先别去，再打探打探。晁盖不听，分兵一半，自己带人跟和尚走，林冲带另一半在外面接应。

晁盖带领人马，摸黑走了五里多远，来到林木深处，感觉不大对头，再找那两个和尚，早已不见踪影。晁盖说："不好！咱们中计了，快撤！"可是已经晚了，只听锣鼓喧天，杀声四起。晁盖正引军后撤，前面来了一支人马，顿时乱箭齐发，晁盖面颊上中了一箭，跌下马来。呼延灼、燕顺在前面厮杀，刘唐、白胜保着晁盖往外冲。恰好林冲带人来接应，才敌住了曾头市的人马。

林冲清点人数，折了将近一半人马。众人来到帐中看晁盖，拔出箭来，箭杆上有“史文恭”三字。箭头上带着毒，晁盖中毒昏倒，众人叫了半日才醒过来。

这时曾家兵马又杀过来了，众头领力保着晁盖撤退，林冲断后，且战且退，走了五六十里，才把曾家兵马甩掉，回归梁山。

到了梁山，晁盖的伤更重了，宋江、吴用在旁守护，寸步不离。当晚三更，晁盖自知不行了，临死前嘱咐宋江说：“贤弟莫怪，将来哪个捉住射死我的人，就叫他做梁山之主。”晁盖讲完，就瞑目而死。

梁山好汉嚎啕大哭啊，宋江哭得最伤心，哭昏过去好几次。哭罢，吩咐众义士披麻戴孝，祭奠晁盖。

宋江每日率众举哀，无心管理山寨事务，但是现在群龙无首也不行呀。林冲就和吴用、公孙胜商议，拥立宋江坐头把交椅。宋江说什么也不坐。宋江说了：“晁天王临终前有吩咐，谁捉住史文恭，谁就是梁山之主。我哪能违背誓愿呢？”怎么说，宋江也不同意。最后，吴用说了：“现在群龙无首，怎么给天王报仇？哥哥不坐这头把，现在谁敢坐？只有哥哥能坐。哥哥，你不如暂且坐一下，等到带领大家打破曾头市，活捉了史文恭，再作计较。”李逵在下边一听：“就是！哥哥别说做梁山泊主，就是做个大宋皇帝也够格！”

宋江一听："这黑厮又胡说！再若乱言，先割了你的舌头！"

于是宋江就暂时坐了头把金交椅。宋江对众人说："我今天暂居此位，全仗众兄弟扶持。我等当同心同德，替天行道。"宋江把梁山分成六个营寨驻扎，把原来的聚义厅改为忠义堂，众兄弟各司其职。

博闻馆

金圣叹和《水浒传》

金圣叹，名人瑞，字圣叹，是明末清初人，著名的文学家、文学批评家。金圣叹对《水浒传》爱到前无古人后无来者的程度。他曾经多次放言，古往今来最好的文学作品是《水浒》，古往今来最明事理的君子是施耐庵，他把《水浒传》与《离骚》《庄子》《史记》《杜诗》《西厢记》合称为"六才子书"。金圣叹在《水浒传》每回正文前加上评语，称"圣叹外书"，他在评点的同时，也对原作加以修改，除词句外，还作了全局性的删削。他判定一百二十回《水浒传》的后五十回是罗贯中"横添狗尾"，所以进行了大刀阔斧的斫删。将一百回本，删去三十回，把七十一回以后关于受招安、打方腊等内容删掉，增入卢俊义梦见梁山头领全部被捕杀的情节以结束全书。

他自称得到的"贯华堂古本"无续作，七十回后的情节是罗贯中添的。所以腰斩水浒，遂成今天通行的七十回本。

智赚“玉麒麟”

却说这天，梁山泊来了一个游方和尚法名大圆，被宋江请到寨内做道场。闲谈的时候，提起了“玉麒麟”卢俊义这个人。此人武艺绝伦，智勇双全，家财万贯，远近闻名，人称卢员外。宋江听了，就想拉此人入伙。

叶雄绘卢俊义像

吴用想了个计策，和宋江商量了，带着李逵下山。吴用扮作道士，李逵扮作哑巴道童，两个人来到大名府。吴用手中摇着铃铛，假装给人算卦，来到卢俊义的门前。口中念着："甘罗发早子牙迟，彭祖、颜回寿不齐。范丹贫穷石崇富，八字生来各有时。此乃时也、运也、命也。知生知死，知贵知贱。若要问前程，先赐银一两。"

卢俊义正没事儿在家坐着，就把吴用请进来给自己算上一卦。吴用掐算了一回，说："员外百日之内必有血光之灾。家私不能保守，死于刀剑之下。"

卢俊义听了一笑："先生差矣。卢某人生于豪门，长于富贵。我们一家都遵纪守法，我卢俊义更是非法不干，非理不为，怎么能有血光之灾呢？"

吴用一听，当时脸沉下来了，把那一两挂金给卢俊义退回去了，起身就走，"唉！天下人原来都要听阿谀奉承的话！罢了！罢了！分明指与平川路，却把忠言当恶言。小生告退！"

卢俊义一看这，赶紧拦着问："那怎么可以回避？"

吴用说："出东南方向一千里外，才可以化解。"还送他四句诗，给他写在墙上："芦花滩上有扁舟，俊杰黄昏独自游。义到尽头原是命，反躬逃难可无忧。"写完吴用告辞走了。

卢俊义就把自己的两个主管给叫来了。一个是大主管，叫李固。另一个是心腹"浪子"燕青。这李固几年前到大名府投亲不遇，又冻又饿昏倒在卢员外门前，是卢俊义救了他。后来发现他能写会算，就让他做了管家。燕青小名叫小乙，今年二十四岁，长得标致极了。自小父母双亡，是在卢员外家中长大的，练了一身的好武艺，最受卢俊义器重和喜爱。卢俊义带着李固同去东南方向一千里外，让燕青留下看家。东南方向一千里外，正是梁山好汉扎营的地方。燕青怕有危险，劝他别信江湖术士的话，卢俊义不听，叫收拾行装，装了几辆马车，带着李固上路了。

卢俊义到了梁山泊，道上看见了李逵。卢俊义一看，这不是那哑巴道童吗，怎么成了强盗？李逵说了："卢员外，你被俺家军师给算计了，赶快上山入伙吧！"

卢俊义一听，怎么？自己被忽悠了！气得抡刀大战李逵。李逵打了三招转身就跑，卢俊义提刀就追，追进密林，李逵不见了。"花和尚"鲁智深跳出来了，抡铁禅杖和卢俊义大战一处，打了几个回合，回身又走。卢俊义还追，武松拦住了去路。总之，梁山好汉一个个和他交手。最终卢俊义被生擒活拿，押上梁山。

宋江跪下大礼参拜，卢俊义受宠若惊。宋江请卢俊义坐第一把交椅，卢俊义哪里肯，宋江就留他住些日子，卢俊义不好推辞了。

宋江拿出很多银子给了李固，让他带着赶车的先回大名府。卢俊义吩咐李固："你先回去吧，见到夫人，让她不必担心。"

李固说："哎呀员外，头领们如此错爱，您就多住两个月，家里的事儿您放心吧。"

吴用亲送李固下山，跟李固说："李固，卢员外已经和我们商议定了，要在梁山坐第二把交椅。他已经反了朝廷了，不信你可以到家里墙上看看，那里有首藏头反诗。这首诗头上四个字加起来就是'卢俊义反'！不信你去看看。"

原来李固跟卢俊义的娘子贾氏两个人私通已久，听说卢俊义不回去了，那卢俊义媳妇的家产不就都归他了？差点把他美死，赶紧下山去了。

卢俊义在梁山住了一段，想要回去，众英雄便轮流请吃饭，卢俊义在梁山呆了两个多月。最后，卢俊义执意要走。宋江送下山去，卢俊义回到大名府。

大名府外边，卢俊义先碰上了“浪子”燕青。燕青衣衫褴褛，看见卢俊义，伏地大哭。卢俊义问：“怎么了?”燕青说：“李固回来对娘子说：主人归顺了梁山泊，坐了第二把交椅。然后他就去告官了，接下来霸占了家产，如今他和娘子住在了一起。把我赶出来了。我琢磨着主人您怎么也不能落草啊，所以，就在这城外等着主人，今天终于等到了。”

卢俊义一听这话，不信：“我娘子不是这样的人！我去看看。”燕青拉着卢俊义：“主人你不能去!”卢俊义不听啊，甩开燕青进城了。

回到家里，李固、卢俊义的老婆贾氏假装没这事儿，先把卢俊义稳住，然后叫来公差，就把“玉麒麟”给抓了。待到公堂之上，当着知府梁中书的面，李固、贾氏指证卢俊义投降了梁山，说现在回来是要里勾外连，攻打大名府！卢俊义屈打成招，押入死牢。

管牢房节级“铁臂膊”蔡福和他兄弟“一枝花”蔡庆都很同情卢俊义，对待卢俊义非常好。李固一心想置卢俊义于死地，给了蔡福五十两金子，要他暗地结果卢俊义的性命。

“小旋风”柴进奉了宋江之令，来打听卢俊义的消息。

得知卢俊义贪了这么大的官司，他赶紧给了蔡福一千两黄金，要蔡福照应卢俊义。

蔡福拿了这钱和兄弟蔡庆一起上下打点，最后还真把卢俊义给救活了。判了个脊杖四十，发配沙门海岛。让两个公差押着，这两个公差不是别人，正是当年押解林冲去沧州的董超、薛霸。

这两个人收了李固的银子，要在半路上加害卢俊义。他们还按原来的步骤，找个旅店把卢俊义的脚给烫伤了，然后找个密树林，说累了要睡觉，怕卢俊义跑了，先把卢俊义绑在树上，然后举起水火棍就要打下来。正在这千钧一发之际，“嗖嗖”两弩箭把董超、薛霸给射死了。卢俊义一看来人，叫了一声：“小乙!”救他的正是“浪子”燕青。

燕青背起卢俊义就跑，没跑多远，几百个官兵追过来。燕青只能去梁山求救，卢俊义又给抓回去了。燕青路上正碰上“病关索”杨雄和“拼命三郎”石秀，他们也是去打听卢俊义消息的。杨雄带着燕青去梁山报信，让石秀继续在大名府打探。

石秀到城里一打听，当天午时三刻，就要处斩卢俊义。因为梁中书一看，有人半路劫犯人，干脆赶快杀了得了，省得夜长梦多。

十字街头酒楼之上，午时三刻，行刑的时候到了。可是梁山的兄弟还没到，就石秀自己一个人。不能眼睁睁看着卢俊义死呀，这“拼命三郎”就有一股子拼命劲儿。他大喊一声，手举钢刀，杀翻十几个官兵，拖着卢俊义就走。可惜寡不敌众，不仅没救了卢俊义，自己也被抓了，关在死牢。

幸亏蔡福、蔡庆兄弟俩对梁山好汉非常敬重，在狱中照应着他们。

梁中书正想着怎么处理卢俊义和石秀呢，这时候，大名府发现了不少的传单。上面是宋江的名义，警告梁中书：你赶紧把我们两个兄弟放了，把李固、贾氏这对奸夫淫妇交出来。否则的话，我们梁山马上兵发大名府，到那个时候，杀你们一个鸡犬不留。

梁中书一看这传单，怕事情闹大了担不起责任，先不杀这两个人了。赶紧上报朝廷，上报蔡太师，让朝廷定夺。他自己这里则对两名犯人严加看守。

其实梁山上已经作好了周密布署，整个梁山几乎是倾巢出动，吴用分兵派将，都安排好了，要兵发大名府。到了正月十五，"鼓上蚤"时迁一把大火烧了翠云楼，信号一发出，城里城外梁山好汉一起动手，城里弟兄打开城门，城外大军杀入城中，杀得官兵鬼哭狼嚎，尸横满街，梁中书落荒而逃。

梁山好汉打开牢房把卢俊义、石秀救出来，燕青、张顺抓获了李固和贾氏。然后梁山好汉把大名府府库打开，全部装车送到了梁山。卢俊义家里的金银财宝也都运到了梁山。蔡福、蔡庆也跟着上了梁山。

到了梁山，卢俊义让把李固、贾氏拉过来，他亲自动手，把这两个人割腹剜心，凌迟处死。这下卢俊义也彻底留在梁山了。

再说梁中书听说梁山兵退了，回到大名府一看，人马损失十之八九，府库已空。他赶紧奏报朝廷，要求重兵剿灭梁山！

李卓吾和《水浒传》

李贽，字宏甫，号卓吾，又号温陵居士，是明朝颇有影响力的思想家、史学家和文学家，后被官府迫害，自杀而死，死后一度被泉州民众奉为神明，称“温陵先师”。李贽最为著名且争议最大的一部书《焚书》，是他的政治、哲学、社会思想及耿介性格的集中体现。近来，更被评论界誉为“影响中国的百部书籍”之一。

李贽见解独到，提出不能“以孔子之是非为是非”，认为《西厢记》《水浒传》是“古今至文”。他对《水浒传》的评点，不仅本身具有很高的理论和批评价值，而且他的阐释在后来的《水浒传》传播中产生了极大的影响，尤其是对金圣叹的评点影响最大。现存最早且内容完整可靠、又最具代表性的，是明万历年间杭州容与堂刻印的一百回本《李卓吾批评忠义水浒传全书》。

大破曾头市

梁山好汉为救卢俊义，攻破大名府，杨志劝降了“急先锋”索超，梁山还俘虏了官军将领“大刀”关胜、“丑郡马”宣赞、“井木犴”郝思文，他们也都降了。攻打大名府中间，宋江身染重病，张顺请来了“神医”安道全，宋江病愈，安道全也入了伙，梁山队伍更加壮大。

叶雄绘吴用像

大名府的消息传到东京，朝廷大惊。立刻又派出两员大将，“圣水将”单廷硅和“神火将”魏定国，一个善于水战，一个善于火攻，让这两员大将领兵攻打梁山泊，这两人领命来到凌州。“大刀”关胜主动请缨，带着宣赞、郝思文前去迎战。

“黑旋风”李逵偷偷下山，想自己把那两位会用水用火的将军杀了。本来他是违反纪律私自下山，没想到半路上收了来投奔梁山的好汉——“没面目”焦挺和“丧门神”鲍旭。三人正准备杀水火二将去呢，只见官兵押解着两辆囚车而来。三人砸了囚车，救出两个人来，正是宣赞和郝思文。原来，“大刀”关胜迎战水火二将，出师不利，被人家把宣赞、郝思文俘虏了。幸好碰上李逵一行。

另一头，“圣水将”单廷硅战败，被关胜捉住了，投降了梁山。单廷硅带着任务回去，劝降了魏定国。关胜得胜回归梁山泊。

别人都得胜了，“金毛犬”段景住却失利了。原来段景住和杨林、石勇去北地买回二百多匹马，回至青州地面，被一伙强盗给劫了。这伙人为首的叫做“险道神”郁保四，把马匹劫走，献给了曾头市。

晁天王就是在曾头市被射死的呀，宋江一听，旧恨新仇全来了。先让“鼓上蚤”时迁去打探消息，准备攻打曾头市。

没过几天，时迁回来说：“曾头市已扎下五个大寨。曾头市前面，两千余人守住村口。总寨内是教师史文恭执掌，北寨是曾涂与副教师苏定，南寨是次子曾密，西寨是三子曾索，东寨是四子曾魁，中寨是第五子曾升与父亲曾弄把守。

‘险道神’郁保四把夺咱的马匹都喂养在法华寺内了。”

于是，吴用分调五支军将，去打那五个大寨。曾头市也已经得到了信息，曾长官赶紧差手下在村口、曾头市的北路挖下数十处陷坑，四下里埋伏了军兵，就等梁山军马到来。其实，这些“鼓上蚤”时迁早已经打听得一清二楚，回来都报告给了吴用。吴用微微一笑：“不足为奇，来啊！大军兵发曾头市！”

梁山大军开到曾头市外，安营扎寨，四面掘了濠堑，下了铁蒺藜。然后吴用传令，让前队步军都拿着铁锄，分作两队；又用一百多辆粮车，装满了芦苇干柴，藏在中军。第二天一早，再让攻打曾头市北寨的杨志、史进，把军马一字儿摆开，光在那里擂鼓摇旗，虚张声势，就是不攻。东西二路鲁智深、武松，雷横、朱仝不住地攻打。

吴用调兵从山背后两路抄道偷袭。埋伏的军兵没防备，被吴用的军马一赶，全掉进了史文恭自己挖的陷坑。吴用鞭梢一指，梁山军中推出一百多辆盛满了芦苇、干柴的车子，里面还有硫磺、焰硝、泼上的鱼油，一把火点着一百多辆车，焰火冲天。史文恭的军马损失大半。梁山初战告捷，鸣金收兵。

第二天再次见仗，曾涂沉不住气了，亲自出战。梁山派“小温侯”吕方大战曾涂，你可别说，曾涂的武艺真不错，吕方不是对手。眼看着要吃亏，“赛仁贵”郭盛拍马，捻手中方天画戟，夹攻曾涂。三骑马在阵前绞做一团。“小李广”花荣一看，干脆我给你来一箭得了。“啪”一箭，正中曾涂左臂，他当下翻身落马。吕方、郭盛，双戟并施，“噗噗”把曾涂戳死了。

第三天开仗，史文恭骑着千里驹“照夜玉狮子”亲自出战，秦明打马来迎战。二骑相交，军器并举，大战二十余合。史文恭仗着马快，一枪扎在了秦明大腿之上。多亏吕方、郭盛、马麟、邓飞四将齐出，救下秦明。梁山兵将被杀个大败，退兵十里安营扎寨。

史文恭得胜，和曾升一商量：“贼兵今天打败了，必然惧怯，我们今夜正好乘虚劫寨！”曾升赞同。当天晚上，请北寨苏定、南寨曾密、西寨曾索带兵前来，一同劫寨。二更左右，潜地出哨，马摘銮铃，人披软甲，直杀到宋江中军大寨之内。进来一看，四下无人，是座空寨，“不好！”史文恭想跑，太晚了。左边杀出“两头蛇”解珍，右边杀出“双尾蝎”解宝，后面“小李广”花荣。混战之中，曾索被解珍一钢叉叉于马下。史文恭杀出条血路，逃回曾头市。

曾长官一看，儿子死了两个，真怕了梁山了，写了投降书求和。宋江写了回信，提出条件：曾头市归还两次夺我们的马匹，而且要把夺马的凶徒郁保四交给我们，还得犒劳军士金帛。

曾长官一看信，派人又来说了：“我们可以给你们郁保四，但是你们也得派人过来当人质。”宋江、吴用就派时迁、李逵、樊瑞、项充、李衮五人前去为信。临行时，吴用叫过时迁，附耳告诉：“如果有变，你们可以如此这般！”“知道了！”五个人就到了曾头市。曾长官置酒相待，让五个人到法华寺寨中安歇，然后派五百军兵围住，把他们软禁了。

然后，曾长官这才让曾升带着郁保四，赶着两次夺的马匹，还有一车金帛来到宋江大寨讲和。

宋江一看，那匹千里白龙驹“照夜玉狮子”没在里边儿，便让曾升写信找史文恭要马。史文恭不给，说：“要马也行，宋江得先退兵！”两下这么一僵持，探马来报，说：“青州、凌州两路官军快到了。”宋江一听，心说不好，这要是让曾头市得知了，必然变卦。

宋江赶紧派关胜、单廷硅、魏定国去迎击青州军马，花荣、马麟、邓飞去迎击凌州军马。暗地叫出郁保四来，做思想工作，劝他投靠梁山。郁保四终于同意了。

这下郁保四就有用了，吴用让郁保四回到曾头市，见到史文恭就说：“我是私逃出来的。现在宋江就是想赚这匹千里马，根本没有诚意讲和。如果把马给他，他必然变卦。现在听说青州、凌州两路救兵到了，宋江十分心慌，咱们正好乘势打他。”

史文恭一听：“好！马上发兵！”

曾长官说：“我儿子曾升还在他们那儿呢。”

史文恭说：“咱们迅雷不及掩耳，打破他的大寨，就把少爷救出来了。咱这儿还有他们五个人呢。”曾长官一听也只好如此，马上通知北寨苏定、东寨曾魁、南寨曾密，一同劫寨。郁保四悄悄把时迁等人全放了。

当天晚上，史文恭带着苏定、曾密、曾魁以及所有的兵丁，来到宋江总寨偷营劫寨。一看，是座空寨，知道又中计了。这时候就听见曾头市里锣鸣炮响，怎么回事儿？时迁爬到了法华寺钟楼上撞起了钟；东西两门，火炮齐响，喊声大举，李逵、樊瑞、项充、李衮一齐杀出来。史文恭想回去救曾头市，回不去了。里面的曾长官上吊自尽了。

曾密想跑回西寨，被朱仝赶上去一朴刀给砍死了。曾魁在乱军之中被马踏如泥。苏定被乱箭射死。史文恭的马好，人也勇猛，挥掌中枪杀出西门。

史文恭以为没事了，前面闪出一人——“玉麒麟”卢俊义，卢俊义大喝一声：“强贼！哪里走!”一刀正扎在史文恭的腿上，史文恭栽落马下，燕青把他捆了扔到另一匹战马上。

此时，宋江带人马占领了曾头市，斩了曾升。所有的金银财宝、粮食，全部装车，送往梁山。

这工夫，消息传来，“大刀”关胜带着军马已经杀退了青州军马，花荣领军也已经大败凌州军马，全胜而归。

梁山众英雄活捉了杀害晁盖的罪魁祸首史文恭，夺回了千里驹“照夜玉狮子”，回到山寨忠义堂上。堂上供奉着晁盖的灵位，“圣手书生”萧让做了祭文。梁山大小头领，人人挂孝，个个举哀，把史文恭拉到灵位面前，剖腹剜心，祭奠晁盖。

晁盖临死时说得清楚：“谁捉住史文恭，谁为梁山之主。”现在是卢俊义捉住的史文恭，按照晁盖的遗言，应当卢俊义做梁山之主。所以，宋江推举卢俊义坐头把金交椅。

卢俊义推辞不干，自己刚到梁山，资历尚浅，虽然抓住了史文恭，但真的做了头把金交椅，恐怕也不能服众。吴用劝宋江别推辞了，免得冷了大伙儿的心。他一边说一边给大伙儿使眼色，李逵急了，说宋江：“我从江州一路跟你杀过来，弟兄们也都跟着你，你还让来让去做什么?!”众英雄一个接一个劝说，宋江最后说话了："这么着，现在山寨钱粮缺少，梁山旁边有两个州府，都有钱粮：一个东平府，一个东昌府。我和卢员外各自领兵去借粮，谁先打破城子的，就做梁山泊主。"众人没得说了。

博闻馆

历史上的宋江

宋江是北宋徽宗宣和年间的民变首领，后来投降宋朝。他的故事成为后来章回小说《水浒传》的原型，知名度很高。

戴敦邦绘宋江像

现实中的宋江确有其人，《宋史》中《侯蒙传》《徽宗纪》《张叔夜传》都有关于宋江的记载。其中《张叔夜传》所叙最为详细，说宋江在河朔起兵，占据了十个郡，给官军以沉重打击。后被大将张叔夜打败，副手被擒，宋江投降。

史书尽管没有明言宋江一伙就是在梁山啸聚，但确有记载说梁山泊一带盗贼猖狂。梁山泊是在五代之时，因黄河决口将大小湖泊连成一片，而成为汪洋大浸的。它的存在曾使执政者颇费心思，宋江起义军只是梁山泊盗贼中的一股势力。

从现存史料可以知道，宋江起义的导火线是宋朝为解决财政困难，设置“西城括田所”，宣布将整个梁山泊八百里水域全部收为“公有”，规定百姓凡入湖捕鱼、采藕、割蒲，都要依船只大小课以重税，若有违规犯禁者，则以盗贼论处。贫苦的农民与渔民交不起重税，长期积压在胸中的对社会现实的不满终于像火山一样爆发了。

梁山排座次

宋江、卢俊义抓阄，宋江抓到东平府，卢俊义抓到东昌府。宋江带着林冲、花荣、刘唐、史进、徐宁、燕顺、吕方、郭盛、韩滔、彭玘、孔明、孔亮、解珍、解宝、王英、扈三娘、张青、孙二娘、孙新、顾大嫂、石勇、郁保四、王定六、段景住，大小头领共二十五员，马步军兵一万，水军头领三员——阮小二、阮小五、阮小七，领水军驾船接应，攻打东平府。

卢俊义带着吴用、公孙胜、关胜、呼延灼、朱仝、雷横、索超、杨志、单廷硅、魏定国、宣赞、郝思文、燕青、杨林、欧鹏、凌振、马麟、邓飞、施恩、樊瑞、项充、李衮、时迁、白胜，大小头领共二十五员，马步军兵一万，水军头领三员——李俊、童威、童猛，引水军驾船接应，攻打东昌府。

其他人留守山寨。

宋江领兵带队到了东平府，在城外四十里的安山镇扎住军马。一打听，知道东平府太守程万里驾下有个兵马都监——“双枪将”董平。宋江爱才，就想收降他。“险道神”郁保四和他有交情，愿去给他下书。“活闪婆”王定六跟随郁保四一起去了。

两个人见了董平，董平不由分说，“你们反叛国家就是我不共戴天的仇敌！推出去！杀！”程太守说：“两国交战，不斩来使。”于是把二人各打二十棍子，捆了交还给宋江大营。

宋江气坏了，这时史进主动请求去东平府做内应。原来“九纹龙”史进在这个东平府里有一个相好的妓女李睡兰，史进想进去住在李睡兰那里，待宋江攻城。只要董平出来交战，史进里应外合，可成大事。

可是这史进没想到，他是国家通缉的要犯，李睡兰哪里敢留他住！她偷偷地报了官，史进被抓，关进死牢。

宋江写信向吴用问计，吴用连夜从卢俊义那儿又赶过来，给宋江出谋划策。让宋江回来先攻打旁边的汶上县。老百姓怕打仗，急着往东平府逃。“母大虫”顾大嫂可混入城中，买通牢子，给史进送饭，告诉他，月尽夜攻打东平府，让他作好逃狱准备。结果史进把时间算错了，本来宋江要三十打，史进算成二十九了。史进二十九就打死看守往外跑，没人接应，又给抓回来了。

这边宋江没打东平府，“双枪将”董平带着人马先下手为强，打宋江来了。两军对垒，韩滔、徐宁前后大战董平，不分胜负。打了多时，各自收兵。宋江呢，连夜起兵，直抵城下，团团围住，他等顾大嫂在城中放火呢。由于史进逃狱没出去，这程太守认为城中肯定有奸细，严加防守，顾大嫂不得空，没敢放火。

宋江又生一计，连夜攻打东平府，程太守催董平出战。董平披挂上马，带领三军，直奔宋江杀过来了。宋江左有林冲，右有花荣，两将齐出，各使军器来战董平。打了数合，两将诈败而走。

董平一看，好机会，就剩宋江一个人了，他大喊一声："哪里走!"打马就追。宋江那边早准备好了，绊马索，绷腿绳齐上，"扑通"一声，把董平连人带马给掀翻在地，喽啰兵上来把他绑了。

宋江会打仗，更会做思想工作，一番话把"双枪将"董平说降了。而且董平还帮宋江赚开东平府城门。梁山好汉一起杀进去，众英雄杀了程太守，救出史进，打开府库，取了库银财物，送往梁山。

宋江顺利地打下了东平府。东昌府那边却交战失利。东昌府的猛将"没羽箭"张清，双手善打没羽飞蝗石，就是打弹丸石子一类的东西，百发百中。他手下还有两员副将，"花项虎"龚旺和"中箭虎"丁得孙，前者使飞枪，后者使飞叉，而且也都善使暗器。

卢俊义这边，郝思文出马迎战张清，没几个回合，张清拨马诈败，引诱郝思文追他，张清猛回身发了弹，郝思文跌落马下。燕青赶紧过来救回本阵。

第二天，卢俊义这边"混世魔王"樊瑞，带着项充、李衮，舞盾牌上阵。东昌府那边上的是"中箭虎"丁得孙，项充中了一叉，败下阵来。

"白日鼠"白胜奉命搬请宋江前去救应。宋江带着大队人马，来到东昌府地界。正赶上张清前来叫阵，两军摆开阵势。张清一看宋江，骂道："水洼草贼，还不下马投降!"

宋江问众将谁去迎战，"金枪手"徐宁大喊一声："我来战他!"徐宁飞马直奔张清。不到五个回合，张清又用老办法，打中了徐宁眉心，幸有吕方、郭盛将他救回本阵。

接着燕顺、韩滔、彭玘、宣赞、呼延灼、刘唐、杨志、朱仝、雷横、关胜、董平、索超先后纷纷上阵，结果都被“没羽箭”张清一顿石头子儿全给打下马来。刘唐还被对方生擒活捉了。

林冲、花荣、吕方、郭盛四将出。林冲、花荣截住龚旺，龚旺不敌，被林冲活捉。吕方、郭盛迎战丁得孙，燕青从阵里放箭，射中丁得孙的马蹄，丁得孙被掀下马来，吕方、郭盛将他活捉。

混战之后，双方各自收兵回营。

吴用一看这张清太强了，只能智取，于是重新作了一番部署。

这天张清在城中突然得到消息说：“西北方向来了一百多辆粮车，车上满满的都是粮米。而且，河里也发现了运粮船，大小五百多只。水陆并进，船马同来。沿路都有头领监督。”张清一听：“太好了，今天晚上我就去劫他的粮草。等到梁山贼寇粮草一断，他们不战自乱!”

当天晚上，张清带人就去劫粮了。押粮草的是鲁智深、武松。鲁智深没有防备，光头上中了张清一石头子儿，顿时头破血流。张清军马一齐上前抢人，武松急挺两口戒刀，把鲁智深救回来，把粮车撇下了。

张清顺利夺得粮车，又去夺粮船。待他纵马来到河边，突然伏兵四起，林冲引铁骑军兵，将张清连人带马赶下水去。河里钻出李俊、张横、张顺、阮氏三雄、童家兄弟八个水军头领，“没羽箭”到了水里，只有乱扑腾的能耐了，终被三阮擒住。

张清被活捉了，宋江立刻下令连夜攻城，一举打破了东昌府，救出了刘唐；然后大开仓库，把钱粮一部分发送梁山泊，一部分散给东昌府老百姓。因太守是个清官，放了没杀。

张清经过劝说，归顺了梁山泊。他还给宋江推荐了东昌府一位有名的兽医叫做“紫髯伯”皇甫端，此人善于相马，善于医马。龚旺、丁得孙一看张清都投降了，也叩头拜降。梁山力量又壮大了。

宋江名正言顺坐了第一把交椅，排宴庆贺。众将在忠义堂上各依次序而坐。宋江一看众多头领，人数不多不少正好一百单八位。

宋江说：“宋江自从闹了江州，上了梁山，托众弟兄英雄扶助，立我为头领。今日，共聚得一百单八员头领，真是古今罕有，可喜可贺。从前咱们聚义过程中，也杀害了不少生灵，我想做一场法事，超度一应无辜被害之人。一则祈保众弟兄身心安乐；二则唯愿朝廷早降恩光，赦免逆天大罪，咱们众将也要竭力捐躯，尽忠报国；三则愿晁天王早升天界。不知各位意下如何?”

大家赞同。这件事情由公孙胜操办。选好四月十五日开始，连做七天七夜法事。

公孙胜亲自领着七七四十九员道士做法。宋江、卢俊义为首，吴用众头领为次拈香祷告。

到了第七天晚上，夜半三更，突然听到西北方向“咔嚓”一声巨响，看到一片火光，把大家吓了一跳。怎么回事儿？赶紧过去查看，有人说看到一团火钻到地底下去了。众人拿着铁锹锄头，往下挖了三尺深，挖出来一块石碑。正面两侧，都刻着天书文字。大家都不认得，最后有个老道说：“我祖传一册文书，用它能识别天书。”

经这道士翻译，原来这石碑一面写着“替天行道”，另一面写着“忠义双全”。两面分别刻着天罡星三十六位，地煞星七十二员。对应着梁山一百单八将。

石碑前面写的是梁山泊天罡星三十六员：

天魁星呼保义宋江　天罡星玉麒麟卢俊义
天机星智多星吴用　天闲星入云龙公孙胜
天勇星大刀关胜　天雄星豹子头林冲
天猛星霹雳火秦明　天威星双鞭呼延灼
天英星小李广花荣　天贵星小旋风柴进
天富星扑天雕李应　天满星美髯公朱仝
天孤星花和尚鲁智深　天伤星行者武松
天立星双枪将董平　天捷星没羽箭张清
天暗星青面兽杨志　天祐星金枪手徐宁
天空星急先锋索超　天速星神行太保戴宗
天异星赤发鬼刘唐　天杀星黑旋风李逵
天微星九纹龙史进　天究星没遮拦穆弘
天退星插翅虎雷横　天寿星混江龙李俊
天剑星立地太岁阮小二　天平星船火儿张横
天罪星短命二郎阮小五　天损星浪里白条张顺
天败星活阎罗阮小七　天牢星病关索杨雄
天慧星拼命三郎石秀　天暴星两头蛇解珍

天哭星双尾蝎解宝　天巧星浪子燕青

石碑后边写的是地煞星七十二员：

地魁星神机军师朱武　地煞星镇三山黄信
地勇星病尉迟孙立　地杰星丑郡马宣赞
地雄星井木犴郝思文　地威星百胜将韩滔
地英星天目将彭玘　地奇星圣水将单廷珪
地猛星神火将魏定国　地文星圣手书生萧让
地正星铁面孔目裴宣　地阔星摩云金翅欧鹏
地阖星火眼狻猊邓飞　地强星锦毛虎燕顺
地暗星锦豹子杨林　地轴星轰天雷凌振
地会星神算子蒋敬　地佐星小温侯吕方
地佑星赛仁贵郭盛　地灵星神医安道全
地兽星紫髯伯皇甫端　地微星矮脚虎王英
地慧星一丈青扈三娘　地暴星丧门神鲍旭
地然星混世魔王樊瑞　地猖星毛头星孔明
地狂星独火星孔亮　地飞星八臂哪吒项充
地走星飞天大圣李衮　地巧星玉臂匠金大坚
地明星铁笛仙马麟　地进星出洞蛟童威
地退星翻江蜃童猛　地满星玉幡竿孟康
地遂星通臂猿侯健　地周星跳涧虎陈达
地隐星白花蛇杨春　地异星白面郎君郑天寿
地理星九尾龟陶宗旺　地俊星铁扇子宋清
地乐星铁叫子乐和　地捷星花项虎龚旺

地速星中箭虎丁得孙　地镇星小遮拦穆春
地稽星操刀鬼曹正　地魔星云里金刚宋万
地妖星摸着天杜迁　地幽星病大虫薛永
地伏星金眼彪施恩　地僻星打虎将李忠
地空星小霸王周通　地孤星金钱豹子汤隆
地全星鬼脸儿杜兴　地短星出林龙邹渊
地角星独角龙邹润　地藏星笑面虎朱富
地囚星旱地忽律朱贵　地平星铁臂膊蔡福
地损星一枝花蔡庆　地奴星催命判官李立
地察星青眼虎李云　地恶星没面目焦挺
地丑星石将军石勇　地数星小尉迟孙新
地阴星母大虫顾大嫂　地刑星菜园子张青
地壮星母夜叉孙二娘　地劣星活闪婆王定六
地健星险道神郁保四　地耗星白日鼠白胜
地贼星鼓上蚤时迁　地狗星金毛犬段景住

道士把天书翻译出来，众人是惊讶不已，原来众人都是天上星下届呀！宋江大喜，拿出黄金五十两酬谢了这位道士。道士们告辞而去。

宋江马上又按照天文排好了梁山座次，高高挑起“替天行道”的杏黄大旗。从此，梁山声威大震，一百单八将的故事也千古流传。

博闻馆

元杂剧和水浒剧

元杂剧又叫元曲或北杂剧，是在前代戏曲艺术宋杂剧和金院本的基础上发展起来的一种戏剧样式。它形成于宋末，繁盛于元代。其中优秀作品有关汉卿的《窦娥冤》、马致远的《汉宫秋》、王实甫的《西厢记》等。这些作品以现实主义与浪漫主义相结合，揭露社会黑暗，反映人民疾苦，歌颂美好爱情。结构上最显著的特色是“四折一楔子”和“一人主唱”。关汉卿、白朴、马致远、郑光祖四位元代杂剧作家最为著名，后人合称他们为元曲四大家。

元杂剧中有一种“水浒剧”，是根据“水浒传”故事演绎出的杂剧作品，现存的有高文秀的《黑旋风》系列、李文蔚的《燕青博鱼》、康进之的《李逵负荆》、李致远的《还牢末》和无名氏的《争报恩》。在水浒成书以前，民间已经流传着水浒英雄故事，如“黑旋风”李逵、“浪子”燕青已成为民间耳熟能详的人物了。《水浒》小说也是根据民间流传的评书话本，经过作者施耐庵的改编、加工、再创作形成的。

在水浒剧里，梁山好汉就以两种不同的姿态出场，有时杀人放火，有时替天行道。其中高文秀的《“黑旋风”双献功》与康进之的《李逵负荆》合称“‘黑旋风’双璧”，在元杂剧中属上乘之作。

附录

《水浒传》：侠肝义胆好汉歌

《水浒传》是中国文学史上第一部歌颂农民起义的长篇小说，它全面真实地反映了农民起义的发生、发展、壮大到最终失败的过程。在皇权专制社会，正统思想认为造反是不道德的，造反者就是盗贼，但中国四大古典名著之一的《水浒传》却反其道而行，为造反者树碑立传，并渲染他们豪侠仗义、除暴安良、替天行道的英雄壮举，使他们成为读者心目中的英雄人物。

既然《水浒传》是长篇小说，一些朋友会因它篇幅过长而中途放弃阅读，所以本书在保留了原著精彩内容的同时，将篇幅缩短至三十回，每回三千字左右。原著中古代的称谓、官职、器物等等难点，加注解可能会影响阅读，正巧，本书每回结尾附一篇“博闻馆”，笔者便把这些难点、相关知识或趣闻放入“博闻馆”，这些难点和相关知识便不再像冷冰冰的注解那样无趣了。

《水浒传》的结构是珍珠项链式的，它由许多个英雄故事组成，有一根主线把它们连结在一起。梁山起义的发生、发展和失败的全过程纵贯全篇，其间连缀着一个个英雄人物的故事，每个故事又可独立成章。这些英雄人物的故事本身又是整个水浒故事的有机组成部分。“鲁智深倒拔垂杨柳”“林冲刺配”“智取生辰纲”“武松打虎”“宋江杀阎婆惜”

等故事，历来为男女老少所津津乐道。本书不仅将这些故事保留下来，而且也保留了与故事相关的细节和对话，以保留原著的风采。

《水浒传》的语言保留了当时口语的特点，明快、生动、贴切、形象。作品对人物的刻画、对市民生活的描写以及作品中人物的对话，生动地再现出了北宋时代的社会风貌。但是，随着时代变化，当时的口语与现代的语言差距很大，直接引用会影响读者对原著的理解，所以本书使用了现代口语，使读者阅读起来没有障碍。

《水浒传》的思想成就和艺术精华主要体现在前七十回之中。作者生动地描绘了众多英雄好汉，如鲁智深、林冲、杨志、武松、宋江、李逵、卢俊义等一百零八名英雄好汉被逼上梁山的曲折历程。褒扬了以晁盖、宋江为首的绿林好汉们不满贪官污吏，团结一致替天行道、劫富济贫，与腐化的朝廷抗争的侠义精神。

作者对这些主要人物的性格刻画也各有特色，每位英雄被逼上梁山的原因也各不相同。比如鲁智深、武松、李逵三人，虽然都鲁莽直率，但鲁智深粗中有细，武松勇武而思虑周密，李逵鲁莽天真爱闯祸，他们的性格决不重合。虽然林冲和卢俊义都是被“逼上梁山”的，但他们一个是受到权贵迫害，走投无路，另一个则是被自己人逼上梁山的。

笔者选取了七十回本为底本，故事从洪太尉误放了一百单八个魔王开始，到英雄排座次结束。原著前七十回集中体现了“官逼民反”的积极主题，以一百单八将从四面八方来到梁山聚义的过程为主线，故事完整，风格统一。在这些内容上本书都与原著保持了一致。

《水浒传》中有脍炙人口的精彩篇章，也有诲淫诲盗、残酷血腥的场景描写。作者并没有无限拔高这些英雄们，而是客观如实地描写了他们的思想和行为，比如：他们中有的人滥杀无辜，有的在劫富济贫前先劫富济己，完全是盗匪行径，这种现实主义的写法为我们认识《水浒传》中的众英雄提供了一个客观的角度。另外，由于作者本身认识的局限，书中还有一些违反科学常识的内容。

笔者在改写时，淡化暴力血腥的场面，删去了违反科学常识的迷信内容。

《水浒传》所写的本来就是重大的社会问题，所以必然对社会产生极大的影响。历代许多农民运动都受过它的影响。明末农民运动中，《水浒传》英雄的口号被广泛地写在农民军的义旗之上，许多义军首领袭用《水浒传》的人名或诨号。因此，统治集团对《水浒传》恨之入骨，认定它是一部“诲盗”的“贼书”，《水浒传》在明清两朝屡屡被禁。然而这本书能够突破集权统治的禁锢，在民间流传，足见它的吸引力之强。

今天的社会环境与水浒英雄的环境已大不相同，但他们在强权面前不畏惧、不低头、不退缩的精神，仍值得我们学习。今天我们还会遇到困难，遇到对手，这些英雄故事将鼓舞我们，勇敢面对，不轻言放弃。